KB197434

백 년 광음의 빈 허공도

구름이 일어났다가 흩어지고

천둥 번개가 요란한가 하면

마치 우리의 인생사처럼

바람이 불고 눈비가 오고

잠시도 쉴 틈이 없는데

소소영영(昭昭靈靈) 지각(知覺)하는

이 마음은 지금 어디에 있는가.

능인스님 글말선방 2집

여보게!
자네는 지금
어디로 가고
있는가?

여보게!
자네는 지금
어디로 가고
있는가?

노신배(능인스님)

 백산출판사

책머리에

소리 없이 흐르는 것은 세월뿐만이 아니다. 누구에게나 순간 순간 지나는 시간 사이로 웃고 우는 희로애락 속의 수많은 상념이 바람처럼 스쳐 간다. 늘 해오던 일상이지만, 돌아보면 뭔가 이루지 못한 공허함과 아쉬움이 수평선 저 너머 출렁이는 파도처럼 가슴속에서 소용돌이치고 있다. 앞으로 정진하지 않고 머물게 되면 퇴보라는 평소의 소신대로 "길 없는 길을 따라(능인·글말선방 1집)"를 출간 후, 무엇이든 다시 시작하기 위해 음악과 그림, 그리고 글을 구상하던 중이었다.

그럴 즈음 2021년 1월부터 2024년 1월 21일까지 '네이버 골프 타임즈: 능인스님 마음의 창'에 기고한 글과 시간 날 때마다 써두었던 또 다른 글을 지면에 올리기 위해 용기를 내어 펜을 들었다. 지금, 이 순간에도 생과 사에 대한 근원적인 의문을 해결하기 위해 수행하는 과정에서 나름대로 삶을 영위하며 보고 듣고 접하면서 느낀 것들을 가감 없이 기술하고자 한다. 하지만 어렵다.

수행이나 교리에 근거한 글이나 불교적인 글만 쓰게 되면 타종교인들과 비(非)불자들에게는 벽을 쌓는 것이나 다름이 없다고 생각한다. 인생과 삶에는 정답이 없듯이 또한, 꼭 이것이라 할 만한 절대적인 답은 없기에 누구나 볼 수 있는 대중적인 글을 쓰게 되었다.

다만, 저 역시 독자 여러분들처럼 오랫동안 사회생활을 했고, 사회생활을 근거로 수행도 하고 종교도 신행하는 것이기 때문에 여러분들의 생활을 조금이나마 이해하고 있으므로 부족하나마 이 글을 쓰게 됨을 다행으로 생각하고 있다. 글을 쓰게 된 용기 또한, 여러분들의 소리 없는 채찍 속에 감춰진 사랑을 믿기 때문임을 말씀드리고 싶다.

불기 2568년 갑진년 10월

행복사에서 사문 능인 합장

차례

2. 사회생활 | 밥은 먹고 살아야지

3. 인생과 삶 | 인생은 새옹지마

4. 행복과 불행 | 마음먹기 따라 달라지는 삶

· **시의 향기**

마음

보려야 볼 수 없고
잡으려야 잡을 수 없는

묘한
마음

크다고 하면
우주 삼라만상을 삼켜버리고

작다고 하면
바늘 끝보다 더 작은 너!

여보게! 자네는 지금 어디로 가고 있는가?

1

마음 수행

볼 수도 잡을 수도
없는 마음

인연 따라 태어난 모습에 마음을 보았다 하고

흔들리는 깃발을 보고 마음이 흔들린다고 하지만,

전구에 불이 켜지기 전

전기는 어디에 있는가.

마음도 그와 같은 것을.

천수경(千手經)이란?

불교의 가르침 중에서 천수경이란, 일천 손과 일천 눈, 모든 동식물의 모습뿐만이 아니라 마음의 손과 눈을 말한다. 부모님을 봉양할 때는 그에 맞는 손과 눈이 있어야 한다. 아기를 볼 때는 거기에 맞는 손과 눈, 음식을 할 때도 일을 할 때도 식사할 때도. 이렇게 모든 환경을 접할 때마다 다른 손과 눈이 있어야 한다.

관세음보살님께서는 이러한 손과 눈을 다 갖추시고, 그 눈과 손으로 모든 중생의 가려운 곳을 긁어 주시고 아픈 곳이 있으면 치료해 주신다. 배가 고픈 이에게는 먹을 것을 헐벗은 이에게는 입을 것을 우는 이에게는 눈물을 닦아주신다.

여보게! 자네는 지금 어디로 가고 있는가?

어느 곳이든, 처처의 모든 환경에 따라 그곳의 환경에 필요한 손과 눈을 가지고 모든 중생을 제도하시는 관세음보살님의 위 신력을 간직한 경전이라 할 수 있다. 원래 천수경은 『천수천안관자재보살 광대원만 무애 대 비심 대 다라니경』 또는 『천수다라니경』이었다.

눈으로 세상의 사물을 볼 때는 '볼 견(見)' 자를 쓰게 된다. 그러나 관세음(觀世音) 또는 관자재(觀自在)할 때 '관(觀)'이라고 하는 글자는 귀로 들을 수 없는 소리뿐만 아니라, 눈으로 볼 수 없는 모습까지 듣고 볼 수 있다는 뜻이다.

마음으로만 느낄 수 있는 진리의 세계, 형상과 소리 등을 자유자재로 보고 들을 수 있을 때 관세음 또는 관자재라 부른다. 세상에서 누구나 듣고 볼 수 있는 것을 말할 때의 이름이라면 견세음(見世音), 견자재(見自在)라 해야 옳다.

관세음보살은 천 리 밖에서 일어나는 모든 소리와 상황도 듣고 보시어 모든 중생의 괴로움과 아픔을 어루만져 주신다. 중생들이 마음속으로 '관세음보살님' 하고 부르면 사람으로서는 들을 수 없는 그 소리를 다 들으시고 중생의 근기에 따라 32가지 모습으로 응하시어 어루만져 주신다는 것이다. 그러므로 관자재(觀自在)라 한다.

눈으로 사물을 보는 데는 거리의 한계가 있고 크고 작은 것의 한계가 있으며 밝고 어두움의 한계가 있다. 마음의 눈은 천 리 밖의 일도 보고 어두워도 볼 수 있다. 벽을 가려도 볼 수 있고 아무리 작은 것도 볼 수 있고 눈으로 볼 수 없는 것을 보는 데 자유자재하다는 것을 관자재라 한다.

그러므로 관세음보살이나 관자재보살은 한 분의 명호라는 것을 알아야 한다. 또한 불교에서 보살이라는 이름이 많다. 관세음보살, 지장보살, 대세지보살, 보현보살, 문수보살, 약사보살 등. 여성 불자님에게도 보살님이라고 한다.

유정(有情) 중생으로서 위로는 보리를 구하고 아래로는 중생을 제도하는 사람을 보살이라고 하는 것이다. 우리가 가진 일천의 손과 일천의 눈은 바로 마음먹기에 따라서 생겨났다가 없어지는 것이다. 기분이 좋으면 누가 뭐라 하지 않아도 콧노래를 부르며 손으로는 다른 사람의 일을 도와주기도 한다.

그러나 화가 나거나 기분이 좋지 않을 때는 그 손의 씀씀이가 다르게 쓰인다. 눈도 마찬가지다. 기분이 좋으면 싱글벙글 눈가에 미소를 띠고 있지만, 화가 나면 잘생긴 얼굴도 험상궂게 변한다.

시와 때와 장소에 따라 변하는 손과 눈의 모습, 이것은 바로 마음 작용으로 인한 것이다. 누군들 천 개의 손과 천 개의 눈이 없겠는가. 우리 모두 다 있다. 천 개가 아니라 만 개, 십만 개, 인생을 살아가면서 죽을 때까지 과연 몇 개의 손과 눈을 가지고 살게 될지는 아무도 모른다.

우리가 가지고 있는 그 많은 손과 눈은 자신의 이익만을 위하여 쓰이고, 쓰고 난 후에는 꼭 생각을 남긴다는 것이 다르다. 길을 가다가 길거리에서 불쌍한 사람을 도와주면 꼭 도와주었다는 생각을 남기게 된다. 세상사를 보면 나는 당신한테 이렇게 했는데 당신은 나한테 이럴 수가 있느냐 하는 것처럼 말이다.

부처님과 보살님은 손과 눈을 쓰시되, 쓰신 생각조차도 없다는 것과 일상 속의 평상심이 바로 천 개의 손과 천 개의 눈을 갖추고 있다는 것이다. 그리고 절대로 바라는 것이 없다는 것, 이것이 우리와 다른 점이다. 우리에게도 무한의 손과 눈이 있지만, 마음의 흔적 없이 선을 행하느냐 악을 행하느냐의 작용이 다를 뿐이다. 🌀

정말로 쉬운
불교

　사람들은 대부분 불교를 너무 어려운 종교라고 말한다. 그러나 알고 보면 불교보다 더 쉬운 종교의 가르침은 없을 것이다. 지금 불교의 모든 경전은 중국을 거쳐 넘어온 것으로서, 한문을 근본으로 중국 스님들 말씀을 그대로 전해 온 것이다.

　다만, 우리나라 스님들이 해석하는 과정에서 여러 생각과 사고가 다름으로 기록되어 있으므로, 가르침을 배우는 불자들은 어느 것이 진실이고 잘못된 것은 없는지 혼동이 생길 만큼 어려울 수밖에 없다.

그뿐만이 아니라, 수행을 많이 하신 분이나 소위 한 소식을 했다고 하는 스님들의 말씀은 더 어렵다. 일반인들이 알아들을 수 없고 일상생활과 전혀 무관하다고 느낄 만큼 어려운 내용으로 법문을 한다. 물론 훌륭한 말씀일 것이라 믿지만, 어떻게 생각해 보면 불교는 전문적 지식을 습득한 분들만 믿을 수 있는 것처럼 느껴지는 것을 부정할 수가 없다.

부처님께서는 지금의 선지식들처럼, 마치 자신의 위치에서 유식함을 자랑하듯 말씀하시지는 않았다. 인연 따라 가르침을 묻는 사람에게는 항상 대기설법(對機說法)을 하셨다.

어린아이에게는 그 아이가 알아들을 수 있는 말씀을 하셨고, 노동자에게는 그 상황에 맞는 말씀으로 이해할 수 있게 하셨다. 상인, 군인, 왕족, 수행자 할 것 없이 그들의 마음 그릇에 따라 아주 쉽게 알아들을 수 있도록 가르친 것이다.

부처님의 모든 말씀은 크게는 우주 삼라를 통째로 삼킬 만큼 넓고 대각을 이룰 수 있는 큰 가르침이었지만, 작게는 모든 중생의 일상적인 삶에 직접적으로 도움이 될 수 있는 가르침이었다.

불자들의 마음 그릇과 관계없이 마치 뜬구름 잡는 듯, 요란한 주장자 울림에 게송 한 자락까지 더하여 '이 도리를 알겠는가?' 하는 일성은 없었다. 그러니 스님들에게 법문을 듣는 불자님들이 과연 무엇을 알아들었을까 싶다.

분명한 것은 자신들이 모르는 것을 말씀하시니 아마 그 스님께서는 큰 도를 깨달은 대단한 스님이라고 생각하는 것은 분명할 것이다. 그렇게 집에 돌아가면 내가 나름대로 지식을 가진 사람이라고 생각하는데 도무지 무슨 말인지 알 수가 없으니 역시 불교는 너무 어렵구나. 이렇게 생각할 것이다.

따지고 보면 잘못된 가르침은 부처님이 아니라 스님들에게 있는 것으로 생각한다.

어느 날 부처님께서는 제자들과 함께 길을 가시다가 새끼줄 한 토막을 보시고 제자에게 그 새끼줄을 주워서 냄새를 맡아보라고 하셨다.

"그 새끼줄 토막에서는 무슨 냄새가 나느냐?"
"예, 부처님. 이 새끼줄에서는 생선 비린내가 납니다."

얼마를 가시다가 이번에는,

"저기 버려져 있는 종이를 주워서 냄새를 맡아 보거라."

"예, 부처님. 이 종이에는 향내가 납니다."

"그럴 것이다. 이처럼 생선을 꿰었던 새끼줄에는 생선비린내가 나고, 향을 쌌던 종이에는 향내가 나는 것이니, 너희들도 사람을 사귈 적에는 가까이할 사람과 멀리해야 할 사람을 잘 가려서 사귀어야 할 것이다."

길을 가다가 사물에서 나는 냄새 하나로 설법하신 가르침이 어려운 분은 없을 것이다. 이처럼 부처님의 가르침은 너무 쉽다.

지식(知識) 자랑, 깨달음 자랑에 취해 전혀 알아들을 수 없는 천 편의 시와 만장 후를 설함으로써 불자들은 불교를 너무 어렵게 생각하여 몸과 마음이 떠나 개종하는 경우가 있지는 않을까 하는 안타까운 마음이다. 🌑

여보게! 자네는 지금 어디로 가고 있는가?

종교의 의의(意義)는
무엇인가?

  불자들뿐만 아니라 모든 종교인이 종교는 쉬우면서도 어렵다고 말한다. 물론 가르치는 분들이 어떻게 설명하고 가르치느냐에 따라서 어렵기도 하고 쉽게 이해할 수도 있다. 쉬운 예를 들자면 눈으로 볼 수 있고 귀로 들을 수 있는 것, 말로 할 수 있고 냄새를 맡을 수 있는 것, 혀로 맛볼 수 있고 몸으로 느낄 수 있는 모든 것은 사람마다 느낀 것을 생각하고 이해하여 받아들이는 감성이 다르므로 자신이 느낀 생각과 감성을 상대에게 전달하는 방법이 다를 수밖에 없다.

  무엇인가를 배운다는 것은 힘들고 어려울 수밖에 없다는 것도 누구나 알고 있는 사실이다. 일반적으로 신앙을 갖게 되는 경우는 모태신앙을 시작으로 친구를 따라서 가기도 하고 포교에 의해서 또는 세상을 살면서 복잡한 환경적 변화에 따라 의지처가 필요할 때 종교를 선택하는 경우도 있다. 이렇게 다양한 이유와 인연에 의해서 종교를 선택하게 된다. 처음 종교를 신행하게 될 때는 여러 가지 특별한 동기로 말미암아 종교마다 핵심적인 교리나 중요한 가르침을 상세하게 알고 시작하는 경우가 많지 않다.

종교를 신행하다가 다른 종교로 개종하는 경우가 많은 것은 어릴 적 시각과 나이가 들어서 세상을 바라보는 시각이 확연히 다르므로 당연하다. 그러면 종교의 의의(意義)는 무엇일까. 분명한 것은 '이 종교가 좋다, 저 종교가 좋다.' 하는 것은 옳지 않다.

일반적으로 종교의 의의는,

첫째: 초인간적이고 초자연적인 경계를 뛰어넘어, 또 다른 경계를 향한 정진으로 인간을 비롯한 모든 자연에 이르기까지 무한한 자비와 사랑을 실천해야 함을 가르치는 것이다. 사람은 분명 너와 내가 존재하지만, 너와 내가 둘이 아니라

는 것과 자연도 나와 더불어 둘이 아니라는 것을 깨달아서 박애(博愛)의 정신을 실천하는 것이다.

그 예로 세상을 살다 가신 많은 성현이 있지만, 특히 석가모니 부처님과 예수 그리스도는 우리가 본받아야 할 정신적 가르침을 주시기 위해 경(經)이라는 노정기를 남겨주신 분들이라 생각한다.

둘째: 인간이 지닌 정신적 세계 즉, 영혼이라고도 하지만, 종교마다 메시아의 가르침에 따라 신행을 통하여 정신적 세계의 깨달음을 얻어서 원력이나 가피력(加被力) 은총을 받는 것이다.

우주는 어떻게 생겨나서 순환하며 인생의 근본인 나는 어디서 무엇을 하러 왔으며, 다시 어디로 갈 것인가 하는 우주와 인생의 근본을 밝히는 것이다. 또한 이 세상의 모든 존재가 무한한 꿈을 이룸에 행복을 알고 사람으로 태어난 것이 무한한 영광임을 가르치는 것이 종교의 의의다.

사람의 마음은 너무나 크고 넓어 진리를 탐구할 수 있는 지혜와 생각이라는 조건을 갖추고 있는 만큼, 몸보다 정신적인 발전을 이루어 무한 경계를 깨달아서 지혜를 얻을 수 있도록 노력해야 한다. 비록 종교를 신행하지 않더라도 사람이라면 자기 삶 중에서 자신만의 타고난 주체적 능력을 쉽게 포기하는 우를 범하면 안 된다. 🌑

종교를 신행하여
이룰 수 있는 것은

어떤 종교든 수행 정진으로 기도를 열심히 하면 사람은 지혜가 있는 만물(萬物)의 영장(靈長)이기 때문에 정신적 수준이 다른 동물과는 다르다.

사람이 수행 정진으로 발전을 이루어 지혜를 밝혀서 정신적 최상위에 오르는 것을 깨달음이라고 한다. 더 나아가서는 해탈 경계를 이루었다고 한다.

이러한 경지가 되면 자신은 어제도 오늘도 분명히 변함없는 자신이지만, 정신적 세계는 상상을 초월하는 경계의 차이가 있음을 스스로 알게 된다.

산은 분명히 산이되 어제 보던 산이 아니요, 강도 분명히 강이되 어제 보던 강이 아니다. 이렇듯 혼탁했던 자신의 정신세계가 마치 맑은 물에 목욕한 것처럼, 눈병으로 희미하게 보이던 사물이 눈병이 치유되어 맑은 유리 안이 투명하게 보이는 것처럼, 세상이 맑고 깨끗하게 보일 뿐만 아니라, 정신 또한 상쾌하여 초가을 파란 하늘처럼 말과 글로는 다 표현할 수 없는 희열이 가득하여 덩실덩실 춤을 추고 싶은 환희의 경계를 접하게 된다.

지혜를 밝혀서 깨달음을 얻은 정신적 세계는 나 자신과 인간에게만 국한되는 것이 아니다. 그것은 우주 삼라만상을 함께 공유할 수 있는 무한의 경지에 이르게 된다. 그동안 시기, 욕기, 음해, 질투와 더불어 삼독심으로 혼탁했던 마음 그릇이 깨끗하게 청소가 된 것이다.

꽉 차 있던 마음 그릇이 텅 비게 됨으로써 무엇이든 들어갈 수가 있게 된다. 마음의 작용은 유한한 것처럼 보이지만, 무한하다는 것을 알 수가 있다.

여보게! 자네는 지금 어디로 가고 있는가?

눈에 보이지 않고 손으로 잡을 수 없다고 생각할 수 있지만, 마음은 한평생을 이 몸과 더불어 우주 삼라를 겨자씨보다 작은 미진(微塵)의 티끌에 숨겨두고 자진 왕래하며 소소영영(昭昭靈靈)하고 있다.

세상에 존재하는 모든 법도 마음을 떠나서는 절대로 존재할 수가 없을 뿐 아니라 생존할 수도 없다. 지식적 가르침이 아닌 정신적 가르침인 종교는 꽉 차 있는 자신의 마음 그릇을 비우는 작업이며, 이러한 작업 과정을 수행 기도라 한다.

종교를 신행하면 밝은 지혜를 얻어서 보이지 않는 마음을 보고 듣고 깨달아 절대적 메시아처럼 한평생을 살아도 찰나요, 찰나를 살아도 한평생을 사는 것처럼 행주좌와(行住坐臥) 어묵동정(語默動靜)에 유유자적하여 걸림 없는 삶을 살게 된다.

말은 쉽기 때문에 보고 접하므로 이해는 하겠지만, 실천은 쉬운 것이 아니다. 어느 생을 다시 만나 눈먼 거북이 천년에 한 번 내민 얼굴이 태평양 가운데 떠다니던 나무 구멍에 닿는 것처럼 선연 공덕을 지을 수 있을지 사람이라면 누구나 한 번쯤 근심해야 할 일이다. 🌑

부처님이시여!
어찌하옵니까?

부처님께서 인과응보와 수행 정진을 통하여 깨달음을 말씀하심으로 모르고 있던 것을 앎으로 해서 아무리 쓸고 닦아도 쌓여만 가는 죄업과 번뇌 망상으로 인한 모든 중생의 고통을 부처님이시여! 어찌하옵니까?

육도 문중에 보시가 으뜸이라 법을 지키며 복을 지어야 한다는 부처님 말씀 따라 지각과 감각의 문을 닫고 지킴으로 인해 우주 삼라를 담고도 남을 큰 그릇이 크다 작다 담아야 한다. 버려야 한다는 시시비비로 혼란만 더하여 열심히 일하며 묵묵히 행함도 악업이 되어 수미산을 넘나드는 죄업을 짓고 있으니, 부처님이시여! 어찌하옵니까?

인내해야 한다. 멈추면 안 된다 쉼 없이 정진해야 성불할 수 있다는 말씀 따라 한 말 그릇에 한 섬 무게를 넣고 인내하므로 해서 만신창이가 된 몸과 마음에 병이 들어 칠흑 밤을 헤매며 임 부르는 중생들의 저 울음소리와 삶의 상처로 인하여 뼛속 깊은 아린 고통에 시달리고 있는 아픔을 부처님이시여! 어찌하옵니까?

"마음을 가라앉혀라, 멈추어라, 고요함에 머무르라." 하신 말씀은 혼탁한 연못에 모여 사는 애민 중생들에게는 꿈으로 그려보는 임의 모습일 뿐, 칼바람 부는 찬 겨울은 여름이 극락이고 물고기에게는 물속이 극락이며 구더기에게는 똥통이 극락이듯, 중생을 제도하려면 중생이 있어야 함에도 어찌하여 음양 단절해 놓고 중생제도를 말씀하셨으니, 그림 속에 담은 허허로움 속 한가로운 가르침을 부처님이시여! 어찌하옵니까?

깨달음과 성불만이 윤회로 인한 생의 마침이라는 말씀으로 배고픔에 허겁지겁 먹는 음식처럼 미생물 잠꼬대를 한 소식이라 하고, 발길에 차인 돌의 울부짖음을 깨달음이란 이름과 부처님 닮은 모습으로 중생들이 이해할 수 없는 말을 가르치고 있으니, 부처님이시여! 어찌하옵니까?

"버려라, 비워라, 내려놓아라. 모두 끊어라." 하신 말씀이 마음을 말씀하신 거라면 중생들의 눈높이에서 보이지 않는 이 마음을 보여 주시고 몸을 말씀하신 거라면 어디에다 버리고 내려놓고 끊어야 하는지 무성한 나뭇가지를 모두 잘라내면 둥치는 쓰러져 썩은 고목이 될 것인즉 부처님이시여! 어찌하옵니까? 🌑

야반삼경에도

야반삼경에도

바람은 쉼 없이 불고 있는데

사람들은 무엇에 취해 잠만 자고 있는가

야반삼경에도

생을 잃은 낙엽은 뒹굴고 있는데

사람들은 어이해 깨어나지 않는가

보라 밝아오는 아침의 모습을

보라 찬란히 떠오르는 저 태양의 모습을

그리고 보라

변해가는 자신의 모습을.

삼일수심천재보요, 백년탐물일조진이라
三日修心千載寶요, 百年貪物一朝塵이라

연일 무더운 날씨에 가만히 있어도 숨이 막히고 땀은 비 오듯 한다. 녹색 푸른 가지와 잎새들도 기운을 잃고 마치 지친 길손의 남루한 옷맵시처럼 축 늘어진 모습이다. 얼음물과 선풍기 에어컨이 나름대로 냉방의 역할을 하는 것 같지만, 그 또한 한정된 공간 속에서만 도움이 될 뿐이다.

바깥을 내다보면 이글거리는 태양의 강렬한 빛에 나도 모르게 몸서리를 친다. 지구인들의 과학 문명이 발달하고 나름대로 삶의 질을 높이기 위해 최선의 노력을 하고 있지만, 광활함 속의 무한한 자연의 힘에는 속수무책일 수밖에 없다.

삶을 멈출 수는 없기에 더위에 지쳐 헉헉거리며 길을 오고 가는 사람과 건설 현장에서 일을 하는 노동자들, 그뿐만 아니라 재래시장 한 모퉁이에서 채소와 과일 그리고 생선 등 생식품을 놓고 더위와 사투를 벌이며 육체적 노동을 하는 행상인들도 있다. 여름이지만, 그와 다르게 냉방이 완벽한 공간에서 오히려 긴소매에 냉커피나 차 등을 마시며 여유로움 속에서 정신적 노동을 위주로 근무하는 화이트칼라도 있다.

이렇듯 볼 수 있는 한정된 경계를 떠나 사람의 시야를 넘어 감춰진 지구 곳곳의 생활을 보면 우리가 생각할 수 없는 삶의 다양함을 상상하지 않을 수가 없다. 그러나 그렇게 다양한 삶의 방법이 과연 무엇을 위함일지 하는 생각이 든다.

단순히 먹고사는 것일까, 아니면 먹고사는 문제보다 더 이상의 그 무엇이 있을지 하는 의문이다. 대부분 먹고살기 위해서 열심히 일한다고 한다. 그러나 먹고살 만한 사람들을 보면 그 무엇인가를 더 구하고 얻기 위해 또다시 앞을 향해 정신없이 달려가고 있다.

배고프면 먹고살기 위해 일하고 배가 부르면 누리기 위해서 일한다. 누리게 되면 무엇인가 명예를 얻고 싶고 명예를 얻고 나면 다시 힘을 얻고 싶어 한다. 그렇게 힘을 얻고 나면 영원히 죽지 않을 그 무엇을 구한다.

그러나 지구 역사뿐만이 아니라 우주 삼라 어디에도 영원히 살아 존재하는 생명은 없고 방법도 없다. 그것은 말도 안 되는 소리다. 그러나 하나같이 갈 수 없는 그 길을 좇다가 불행한 삶을 마감하게 된다. 더 중요한 것은 먼저 가신 선조들의 그러한 잘못된 삶의 모습을 보면서도 맹목적으로 그 길을 따라가고 있는 것이다.

불교의 가르침 중에 "삼일수심천재보(三日修心千載寶)요, 백년탐물일조진(百年貪物一朝塵)"이란 말씀이 있다. 사흘 동안 닦은 마음은 천년의 보배가 되고, 백 년 동안 탐내어 모은 재물은 하루아침의 티끌이 된다는 말이다. 이처럼 지금까지 이 세상에 살다 가신 성현들께서 남기신 말씀은 구구절절 간절함을 담은 것이다.

여보게! 자네는 지금 어디로 가고 있는가?

성현들께서 세상에 사는 동안 보고 듣고 삶을 영위하면서 느끼고 배운 모든 경험은 후손을 위해 분명하게 설명해 주셨지만, 물질문명이 발전하는 만큼 교육과 종교마저 성현들의 주옥같은 말씀들이 오히려 입 안에서 녹아내리는 사탕발림이 아니면 시궁창에 버려진 쓸모없는 오물에 지나지 않음이 안타깝다. ✿

천상천하유아독존
(天上天下唯我獨尊)은

　이천오백여 년 전 석가모니 부처님께서는 이 세상에 태어나시어 사방으로 일곱 걸음을 걸은 뒤에 오른손은 하늘을 왼손은 땅을 가리키면서 "천상천하유아독존(天上天下唯我獨尊)"을 외치셨다고 한다. 물론 이것은 후대의 불교도들이 창작해 낸 설화로 수없이 많은 동식물, 그중에서 사람이 가장 존귀하며 사람 중에서도 자신보다 더 존엄하고 귀한 존재는 없다는 것을 의미하는 말이기도 하다.

　사람을 우주에 비유하기도 하고 일반적으로는 작은 우주라고도 한다. 그것은 사람이 갖춘 몸과 마음을 관조해 보면 우주 삼라만상의 모든 자격요건을 다 갖추고 있다는 말이기도 하다.

이것은 자신의 개인적 주체가 존엄하다는 것을 깨우쳐 알게 하는 일대 혁명적 선포라고 할 만큼 대단한 말씀이었다. 그러나 세월이 흘러 부처님 가신 지 이천오백여 년이 지난 오늘날, 우리의 주체적 존엄 의식이 어떻게 변해있는지 돌아보면 참담하리만큼 비관적이지 않을 수 없다.

어떻게 보면 스스로 자신의 존재가치가 존귀하다는 것을 알지 못하고 나약하리만치 당당하지 못한 듯, 타에 의존하거나 순리적 진리가 아닌 눈앞에 보이는 이론과 과학만이 모두인 것처럼 배워 익히고 있다. 이런 과정에서 이해와 깨달음이 아닌 암기식 교육으로 절대 존엄의 사람보다 누군가에 의해 영혼이 배제된 조립된 하나의 기계화되어 가는 듯, 경직된 느낌이 들어 안타까운 마음이다.

그뿐만이 아니라 사람의 목표가 천상천하유아독존(天上天下唯我獨尊)의 절대적 인격체로서 진리 탐구와 순리적 순환과정에서 자생하는 보다 더욱 성숙한 삶의 질을 찾지 않는다. 다만 시기, 욕기, 음해, 질투를 비롯한 탐욕의 집합체로서 허공의 맑은 공기와 자연까지 오염시키므로 해서 죽어가는 자연생태 속에서 어떤 무지갯빛 행복을 찾고 있는

지 도무지 판단할 기준이 떠오르질 않는다.

한 발 더 나가서, 그냥 일반적인 행복 기준을 설정해 보면 잘 살고 싶은 것인데 잘 사는 기준을 어떻게 잡고 있느냐 하는 것이다. 잘 먹고 잘 입고 건강한 몸과 마음으로 즐거움을 만끽하며 살 수 있다면 더 이상 무엇이 필요할까 싶다. 그런데 끝없이 앞만 보고 달려간다.

목적지가 없다. 그냥 간다. 눈에 보이고 생각나는 것이면 마음에 이끌려 무조건 모으고 지녀서 누리려고만 한다.

아마 우주 삼라를 다 가져도 더 가지려고 할 것이다. 사람보다 못한 동물들은 배만 부르면 절대로 욕심을 내지 않는다. 그러니 아무리 만물의 영장인 사람이라 할지라도 어리석다고 하지 않을 수가 없다.

이제 우리도 이쯤 해서 잠시 멈추자. 미생물들이 아무런 생각 없이 본능적으로 움직이는 것처럼 욕(慾)에 취하여 미혹된 늪에 빠져 허우적거리지 말고 천상천하유아독존(天上天下唯我獨尊)임을 자각하여 자신의 주체가 되는 자존을 되찾자.

여보게! 자네는 지금 어디로 가고 있는가?

그렇지 않으면 우리들의 미래는 영원히 암울하여 불행할 수밖에 없다. 천상천하유아독존(天上天下唯我獨尊)은 보이지 않는 자신의 정신적 영혼의 보루(堡壘)와 같아서 빨리 회복할수록 좋다. 🌸

나는 어디에
있는가?

생(生)이란 이름으로 존재하는 모든 생명의 삶의 목적이 행복에 있다고 생각한다면 허울 속에 숨은 망상일 뿐이다. 이미 자신의 그릇에 모두 채워져 있음을 알지 못하고 술에 취한 듯 혼미함에 취해 세상을 바라보기 때문이다.

행복이 한가로운 바다에 파도처럼 넘실거리는 것도 모르고 오히려 몇백 년을 살 것처럼 불행의 가시밭길을 걷고 있다. 잘 살아도 하루 밥 세 끼면 족하다. 세월에 장사 없고 백 년 청춘은 있을 수 없다. 말과 생각으로는 알지만, 욕심의 그늘에 가려진 망각심(妄覺心) 때문에 채움의 만족을 실천하기는 쉽지 않다.

하루도 제대로 못 살면서 백 년을 향해 허겁지겁 앞만 보고 가는 것, 이것이 우리 삶의 모습이다. 뒤돌아보지 않고 꿈이란 작은 모래성을 쌓으며 달려온 백 년 삶의 종착지는 사람마다 다르다. 어릴 적 자기 모습은 찾을 길 없고 하얀 머리와 늘어난 주름과 눈앞에는 오직 천 길 죽음이란 절벽이 기다리고 있을 뿐이다.

오호통재라! 이 일을 어찌할거나. 앞으로 가자니 절벽이요, 돌아가자니 다시는 돌아갈 수 없는 은산 철벽이 앞을 가로막고 있다. 인생이란 이름으로 살아온 삶의 끝은 바로 어두운 천 길 벼랑이다. 백 년의 헛된 꿈속에 취하여 달려온 무지했던 생의 울림은 암울하고 공허한 천 길 메아리 속에 갇혀 그림자마저 흔적이 없다.

파란 하늘에는 흰 구름 한가롭고 싱그러운 자연 속에서 새들은 노래하는데 또 다른 생명들이 부질없이 내가 걸어온 길을 따라서 백 년을 쫓아오고 있음을 본다.

이제 삶이란 이름으로 백 년을 쫓던 나는 어디에 있는가. ✿

연꽃 닮은 삶을
개척하자

　사람뿐만이 아니라, 모든 자연과 동식물들은 고의든 타의든 나름대로 자신만의 분명한 존재적 가치를 가지고 세상에 태어난다.

　사람이냐 동식물이냐에 관계없이 이루 헤아릴 수 없는 미진의 생명체가 존재하지만, 사람의 눈에 보이고 식별할 수 있는 것은 한계가 있을 수밖에 없다.

　물론 외형적으로 식별할 수 있는 것도 그렇다. 조금 깊이 들어가서 삶을 영위하며 성장해 가는 과정과 생존의 결론을 보면 존재하는 수만큼 다름도 확실하다. 그중에서 마음먹기에 따라 사람처럼 언행과 뜻, 그리고 감성 하나까지도 자유롭게 공유하며 완벽하다고 할 만큼 최상위의 삶을 살고 있는 생명은 없다.

그럼에도 사람은 조금도 만족함을 모른다. 태어나는 순간부터 죽음을 향해가고 있음을 알면서도 자아를 상실한 채 욕심의 틀에 갇혀서 아무리 높이 쌓아도 비바람만 불면 무너짐을 반복하는 모래성만 쌓으며 간다. 어찌 보면 한 마리의 벌레가 어디로 가는지도 모르고 땅바닥을 기어감과 같고, 무엇을 어떻게 하려는 목표 의식도 없이 잠시도 쉬지 않고 먹이를 물어 나르기만 하는 개미와도 다를 바가 없는 행위다.

더욱 안타까운 것은 생각이 있고 말을 할 수 있고, 감성은 물론 최고의 인격을 갖추고 있는 사람이 그것마저도 모르고 있음이 심각한 것이다. 몸의 때는 씻을 수 있지만, 마음의 혼탁함은 쉽게 씻을 수 없기에 어리석음의 길을 갈 수밖에 없는 것이 확실하다.

우리 모두 이쯤에서 스스로 자각하여 혼탁함 속에서도 물들지 않으며 모진 비바람에도 꺾이지 않고 맑고 고고한 자태로 향기를 품어 주위를 정화하며 일만 꽃의 으뜸이 되어 피어나는 연꽃 닮은 삶을 개척하자. 적어도 모든 생명체보다 뛰어난 사람임을 자부한다면. 🌼

초발심(初發心)에서
흔들리지 말자

불교 「화엄경 약찬게」에 "초발심시변정각(初發心時便政覺)"이란 구절이 있다. 이 말은 처음 마음을 내는 순간 그 안에 이미 깨달음이 성취되어 있다는 뜻이다. 그러므로 처음 보리의 마음을 내는 순간이 중요하다는 의미가 강하게 내포되어 있다.

초심을 잃지 않고 바른길을 갈 수 있는 지혜, 그것은 쉽지 않다. 예로부터 훌륭한 사람이 되거나 어떤 목적을 달성하기 위해서는 처음 시작할 때 그 마음을 실천하지 않으면 목적을 달성하기는 쉽지 않은 것이다. 그래서 옛말에도 작심삼일(作心三日)이란 말이 있는 것이다.

여보게! 자네는 지금 어디로 가고 있는가?

누구나 초심을 잃지 않고 자신의 꿈을 향하여 성공하기 위해서는 출발선에 섰을 때, 그 마음을 가지고 열심히 노력해야 한다. 길을 가다 보면 바람도 불고 눈비도 온다. 이 세상 모진 시련 속에서 많은 장애가 앞을 가로막는 것은 당연하다.

그럴 때마다 초발심이 흐려져서 한 발짝씩 뒤로 물러서게 되면 그것이 바로 작심삼일이 되어 자신이 설정한 꿈과 희망의 나래를 펼 수 없게 된다.

이처럼 초발심을 실천하기 위해 불굴의 투지로 열심히 정진하기란 결코 쉬운 일이 아니다. 그러므로 나는 무엇이든 할 수 있다는 굳은 신념으로 자신을 담금질할 수 있어야 한다. 자신을 스스로 믿는 굳은 신념이란 몇 글자에 불과하다.

그렇지만, 마음이 초발심과 하나가 되어 힘을 더하게 되는 순간 노력으로 인한 땀방울을 생산할 수 있는 에너지가 생겨 만 가지 일을 이룰 수 있는 뿌리가 되고, 어떠한 어려움도 헤쳐 나갈 수 있는 무한한 힘을 발휘하게 되는 원동력이 되는 것이다. 사람들은 해마다 정월이 되면 한 해의 계획을 설정하여 달력이나 공책에 기록하거나 가족과 친구들에게 이야기하기도 한다.

그렇게 거창하게 설정했던 큰 꿈들이 시간이 흐를수록 흐지부지되어 작심삼일로 끝나게 되는 경우가 많다. 이처럼 사람은 자신의 마음과 말에 대한 약속에 실천을 소홀히 하면서도 잘못을 뉘우치기는커녕 대부분 주위의 잘못과 환경 탓으로 돌리는 경우가 많다.

'잘되면 내 덕이요, 잘못되면 조상 탓'이라는 옛말이 있다. 중요한 것은 처음부터 끝까지 절대로 초심을 잃어서는 아무 것도 할 수 없다는 것을 알아야 한다.

세상을 먼저 살다 가신 선조들과 현인들뿐만 아니다. 현재 사회적으로 성공한 분들의 경험담을 들어보면 정말 피나는 노력으로 흘린 땀의 결과라고밖에 볼 수 없을 만큼 초심에 의한 굳은 신념이 성공의 근본 뿌리가 됨을 알 수 있다.

그러나 더욱 중요한 것은 모든 것을 이룬 뒤에도 절대로 초심을 잃지 말아야 한다. 그렇지 않으면 모든 것을 잃는다. 초발심(初發心)은 지혜의 보고(寶庫)인 생명의 근원, 영혼의 고향이기 때문이다. 🌑

여보게! 자네는 지금 어디로 가고 있는가?

수행(修行)

한 생각
알음알이를 안고
바다에 뛰어들었다

굳고 여문 잔재들
씻고 씻어도 끝이 없으니
이 노릇을 어찌해야 하나

할 수 없지
내세를 기약하는 수밖에
바닷물이 마를 때까지.

능인(能仁)의
자작화두(自作話頭)

출가하여 먹물 옷을 입고 가부좌하고 앉았어도 실천행에
소홀하다면 그 모습은 돌사람과 다를 바 없다. 부처님 말씀
을 따라 배우고 익혀 수행하는 입장이라면 스스로 자문자답
하여 묻지 않을 수가 없다. 말은 정말 쉽다.

누구나 쉬운 말이 마음의 소리인데 맑고 깨끗한 마음의 소
리를 실천함에 인색한 것은 손익에 따른 욕심과 게으름 때문
이다.

옛 성인들의 가르침을 살펴보면 이 세상을 사는 방법이
그 속에 다 들어있다 해도 과언이 아니다. 요즘을 생각해 보

여보게! 자네는 지금 어디로 가고 있는가?

면 모든 삶을 순리에 따라 살 것을 당부하신 것이다. 그러므로 육체적 향락의 삶보다는 정신적 진리 탐구의 삶을 더 강조하신 것이다.

누구나 말은 쉬운 것이다. 더구나 남이 실천하는 것을 보면 너무 쉬워서 아무 일도 아닌 것처럼 보인다. 그렇지만, 자신이 실천하기 위해서는 목숨까지도 초개(草芥)같이 버려야 할 어려움이 있을 수도 있다.

작은 이익에도 언성이 높아지고 천륜마저 단절해 버리는 시대적 상황으로 보면 남에게 선을 행하기란 참으로 쉬운 일이 아님은 확실하다. 얼마나 어려운 일이면 우주를 비로소 삶이 시작된 태고로부터 지금까지 아직도 이 문제가 해결되지 않고 있다.

그것은 사람이라는 틀에서 벗어나지 못하고 보이지 않는 아상(我相)의 그물망에서 끝없이 허우적거리고 있기 때문이다. 생각할수록 자존심 상하고 지금, 이 순간 상한 자존심마저 버리지 못함이 실로 어리석음의 극치가 아닌가 싶다.

불교에는 1,700 공안(公案)이라는 화두(話頭)가 있다.

모두가 깨달음을 얻기 위한 1,700가지의 문제가 되는 셈이다. 그중에서 조주 스님의 '차나 한잔하고 가시게' 또는 '이뭣고' '똥 묻은 막대기' 등을 했었다.

화두는 선방의 스님들께서 화두를 타파하여 깨달음을 얻기 위해 용맹정진할 때 필수적인 공부로서 정말 힘든 수행방법의 하나다.

지금 필자는 실천의 어려움을 생각하며 **'행하면 내가 죽고 행하지 않으면 중생이 죽을 때, 수행승아! 그대는 과연 어떻게 할 것인가?'**라는 자작화두(自作話頭)를 만들어 수행하고 있지만 쉽지 않다. ✿

불교란?

　부처님께서는 생과 삶이란, 인간과 우주 삼라의 실상을 꿰뚫어 보시고 스스로 늪으로 가득한 고해의 바다에 뛰어들어 모든 것을 경험하셨다.

　그뿐만 아니라 누구도 저항할 수 없는 죽음의 강물에서 벗어나고자 몸부림을 치셨고 그것을 몸소 해결하신 것이다.

　가족뿐만이 아니라, 모든 중생을 위해서라도 자신의 생명 뿌리를 파고들어 끊임없는 생사를 반복하는 보려야 볼 수 없고 잡으려야 잡을 수 없는 말과 글뿐만 아니라, 그 무엇으로도 표현할 수 없는 한 물건 즉, 자신의 주인공을 찾아 생사를 해결하시고자 왕궁을 뛰쳐나온 것이다.

그렇게 시작된 수행 생활은 사람으로서는 감히 상상할 수 없는 목숨을 건 고행의 길이었다. 그 결과 필경에는 참 자기와 만나고 누구도 열 수 없는 불생불멸한 진리의 문을 열어신후, 모든 중생의 눈을 밝혀주신 것이다.

이러한 사실은 우리가 흔히 가볍게 알고 넘길 수 있는 거짓 이야기가 아닌 진실이다. 고의든 타의든 우리는 지구상에서 살고 있다. 생과 사의 문제는 지구상에서 생사를 거듭하며 살고 있는 모든 생명의 현실적 상황이며 문제이다. 그러니 참으로 절실한 과제가 아닐 수 없다.

살아 숨 쉬는 자가 진리를 모르고 불안과 허무한 마음으로 어디로 가는 줄도 모르고 죽음을 맞이할 수밖에 없다는 것은 참으로 잘 사는 것이 아니다.

참으로 잘 사는 길이 죽음을 앞둔 노인들에게도 중요하지만, 내일의 꿈을 좇아가는 우리 자손들에게는 더욱더 절실한 것이다.

그래서 부처님께서는 육 년 고행으로 깨달음을 얻으신 후에, 사십오 년 동안 길 위에서 인간과 존재의 참모습뿐만 아니라, 근원적 삶의 모든 실체와 절대적인 자신의 주체적 진리, 그리고 생명의 실체를 설하시며 진리의 문을 열어 보이시고 우리에게 가르치셨다.

눈앞에 불을 켜고 '이것을 봐라.' 하듯이 명백하게 들어 보이신 것이다. 이러한 가르침들을 책으로 엮은 것이 바로 『팔만대장경』이며 부처님의 가르침을 가르치고 배워 실천하는 '종교' 바로 부처님의 가르침에 따라 마음의 근본 참 나를 찾아 영원히 생사에서 벗어나고 행복한 삶을 살 수 있는 길을 찾는 것이 불교다. 🌀

우리 마음은 우주 삼라의
모습과 같다

세상사 모든 일이 마음먹은 대로 되는 것은 없다. 자신이 원하는 것을 모두 이루려 하고 이뤄지기를 바란다면 그것을 욕심이라고 해야 할 것이다. 물론 노력한 만큼 결과를 얻는 것은 당연하다.

그러나 모든 일이 쉽게 될 수는 없다. 다만 노력은 최대로 하되, 거기에 상응한 결과를 순리에 맡기고 기다릴 줄 알아야 한다. 그러면 세상 사람들은 그를 두고 지혜롭고 덕을 두루 갖춘 현명한 사람이라 말할 것이다.

사람은 대부분 자신의 노력보다는 결과만 가지고 말한다. 누구나 태어나면서부터 지금까지 얼마나 많은 생각을 했고

하고 있는지 그 많은 양을 우리는 모른다.

　그것은 마치 회오리바람 속에서 몸부림치며 비상하고 있는 작은 존재처럼 꿈과 희망의 정신적 소용돌이 속에서 물타기를 하고 있기 때문이다. 그리고 현실적인 성공과 실패를 반복하면서 부단한 노력이라는 정신과 육체적 에너지 소진으로 말미암아 미미한 생각의 한계에 이를 수밖에 없기 때문이다.

　이렇듯 생과 삶의 현실은 개개인에게는 너무나 복잡하고, 모순투성이다. 마치 흙탕물 같은 혼탁함 속에서 우리는 일생을 살고 있다.

　진리의 입장에서 바라보면 누가 뭐라고 하지 않아도 유(有) 무성(無性)을 비롯한 모든 생과 삶의 연속성은 한 치의 오차도 없이 너무나 정교하고 세밀하게 흘러가고 있음을 볼 수 있다.

　어제도 오늘도 해는 뜨고 달은 지고 바람 불고 눈비는 온다. 자연은 그렇듯 여여(如如)하게 생(生)과 사(死)라는 이름

으로 피고 지고, 만물을 비롯한 모든 존재는 생하고 멸함을
무한 반복한다.

물이 가득한 욕탕에 한 사람이 더 들어가면 물은 넘치게
된다. 그렇지만, 우주를 비롯한 지구에는 한 사람이 더 태어
난다. 해도 백 명 천만 명이 더 태어난다 해도 욕탕의 물처럼
넘치지는 않는다.

생각해 보면 우리가 살고 있는 지구나 우주의 공기가 넘
치거나 줄어들지 않고 지금까지 존재하는 것이 신기하지 않
은가 생각해 볼 일이다.

이처럼 우리의 마음도 우주 삼라의 모습과 같아서 넘침도
부족함도 없지만, 자신들이 그 마음의 고삐를 한 번 잘못 당
김에 따라서 끝없는 나락으로 떨어지기도 하고, 무한 광명
속에서 해와 달을 두 손에 올려놓고 공기놀이를 할 수도 있
지 않겠는가 하는 것은 자신이 하기 나름이다. 바로 자신의
몫이다. 🌸

・시의 향기

마음 달

배려 가득한 정원에는

그림자 드리운 증오의 강물이 흐르고

숨은 들녘 시든 초목에는

온정의 아름다운 꽃이 향기롭다.

한낮대로(大路) 밝은 해는

두려움이 가득한데

칠흑의 마음 달은

로명(路明)이 아름답다 한다.

※로명(路明): 밝은 길

마음이란?

사람에게는 마음이 있는데 마음이란 어떤 것일까! 궁금하지 않을 수가 없다. 마음을 쉽게 설명하자면 쉽게 볼 수 없는 세 종류의 마음이 서로 연결된 하나로 되어있다.

그것은 일상에서 경험할 수 있는 마음과 쉽게 경험하지는 못하지만, 수행하게 되면 깨달음으로써 알 수 있는 아주 깊고 고요한 마음이다. 그리고 두 마음의 본바탕이 되는 불성(佛性) 또는 본성(本性)이 있다.

일상에서 쉽게 경험할 수 있는 마음은 욕망을 비롯한 분노와 어리석은 순간적 판단, 그리고 순간순간 일어났다가 사라지는 끝없는 잡념 등으로 일상생활에서 말하고 생각하고 행동하는 몸의 주체로서 마음의 상태에 따라 잔잔한 바다에 파도가 일어나듯 외부의 환경을 접할 때마다 일어났다 스러지는 말과 생각을 주도한다.

그리고 행동의 핵심 에너지와 같은 것이다. 타오르는 불길과 같고 잔잔한 물결과도 같지만, 스스로가 생각해도 이해할 수 없는 물거품 같은 전혀 불필요한 생각이 일어나기도 한다.

때로는 냉철하여 맑고 밝은 마음으로 온갖 사리 분별과 추리를 하고, 아름다운 감성의 세계를 접함으로 행복에 젖기도 한다. 우리가 쉽게 경험할 수 있는 마음은 육근(六根) 즉, 안이비설신의(眼耳鼻舌身意) 등 감각기관과 작용하는 온갖 대상을 접하는 순간 나타나는 반응이기도 하지만, 지각과 감각이 일상을 접한 후의 기억들이 그다음에 나타나는 현상이기도 하다.

쉽게 경험할 수 없는 마음은 현재 의식 선상에도 분명히 있지만, 다만 모습이 보이지 않음으로써 모르고 있는 깊은 마음을 말한다.

과거의 경험이나 지난 기억들이 간직되고 현재의 모든 기억이 녹음되듯이 저장되는 이런 마음은 쉽게 경험할 수가 없다.

위의 두 가지 마음을 자연 속에서 비유하면 쉽게 경험할 수 있는 마음은 눈으로 볼 수 있는 구름이다. 쉽게 볼 수 없는 마음은 비록 보이지는 않지만, 구름을 형성하기 전까지의 기류라고 보면 된다. 그리고 기류로 인해 구름이 형성될 수 있는 근본 바탕인 저 넓은 하늘을 비롯한 우주 삼라만상이 마음의 본성(本性)이다.

이러한 마음은 모든 자연의 주인으로서 한 사람이라는 또 다른 하나 독립된 주체가 되어 새로운 우주를 창조하여 자신만의 삶을 영위하고 있다.

지구를 마음의 본성(本性)으로 본다면 자동차는 내 몸이고, 자동차를 운전하는 운전사는 마음이 되어 도(道)라는 정해진 길을 따라 한평생 자신만의 삶을 영위하는 데 주체적 역할을 하는 것이 마음이다.

그러므로 우리는 마음을 아무렇게나 쓰면 안 된다. 특히 마음은 보이지 않는 에너지와 같은 것이므로 더욱더 씀씀이에 조심해야 한다. 🌸

사랑의 지팡이

꽁당 보리밥에 소금 뿌려

찌그러진 노란 양은 도시락에

가득 담은 밥도

빛바랜 보자기에 꼭꼭 싸서

고사리손에 쥐여주며

숨긴 한숨 소리도

토닥이는 등 뒤로

길조심하고

어르신들 말씀 잘 들어야 한다는 말씀도

멀어져 가는 어린 아들

뒷모습에 손 흔들며

눈물 훔치시던 모습도

올곧게 바른길 갈 수 있는

어머니 사랑의 지팡이였다.

진리는 자신의 존재에 따라
생멸한다

어느 날, 자신의 의지와는 상관없이 세상에 태어난다.

아기 때는 배가 고프거나 몸이 불편하면 본능의 울음으로써 대화한다. 그때마다 어머니는 사랑 가득한 마음으로 배고픔을 생각하며 젖을 주기도 하고 어디 아프지 않나 건강을 살피기도 한다.

선택의 자유는 없지만, 울음은 아기들이 성장할 수 있는 유일한 소통의 방법이자 특권이다. 몸과 마음의 성장을 거듭하여 소년과 청년기를 거치면서 익힌 직간접적인 삶의 가치관들이 잠재의식 속에 자리하여 독창의 주관적 가치관을 정립하게 된다.

여보게! 자네는 지금 어디로 가고 있는가?

청년기에는 나는 누구인가를 시작으로 꿈은 무엇인가 어떻게 살 것인가 등, 희망의 끈을 놓지 않고 끊임없이 고민한다. 자신만의 미래를 담은 삶의 여정에서 노정기를 만들 때, 성장 과정에서 쌓은 지식의 밀알들을 하나씩 촘촘히 심는다. 세상에 홀로서기 할 때까지는 가족과 주변의 인연에 알게 모르게 많은 영향을 받아 성공과 실패를 경험하게 된다. 사람이라면 누구나 이러한 과정을 거쳐 확고한 삶의 주관과 가치관을 가지고 꿈과 희망 성취의 도전에서 재능을 발휘하게 된다. 이렇게 꿈에 도전하는 순간부터 부와 명예를 얻어 무한한 행복을 누리고 싶어 하는 것이 사람의 마음이다.

그러나 보이지 않는 관념적 허상에 이끌려 자존도 가치관도 상실하고 자신의 존재마저 망각한 채 물질과 배경의 늪에 빠져 허우적거림을 겪기도 하지만, 그것 또한 살아있음의 행복이다. 오늘 안 되면 내일은 될 거야 하는 신기루 같은 희망의 끈을 잡고 하루하루 가식적 위안으로 자신을 달래는 아픔도 겪는다. 안타깝게도 이와 같은 혼돈에서 자신의 가치를 스스로 판단하고 새로운 노정을 실천하기까지는 많은 세월이 흘러야 한다.

우주 삼라 유(有)와 무상(無相)의 모든 진리는 태어나는 순간 마음을 벗어나서는 존재할 수 없다. 오직 자신이 존재함으로써 생멸(生滅)한다는 것을 알면 삶의 미래가 더욱더 자유로워지고 행복해질 것이다. 🌀

영혼이 멈춰
고정되어 있음을 본다

매서운 칼바람에 자연이 모두 동면에 들었다. 사람을 비롯한 활동적인 동물들은 그나마 제한이 있을 뿐, 나름대로 삶을 영위하기 위한 움직임에 최선을 다하고 있다.

추위로 인하여 생활의 흐름이 자유롭지 못하지만, 각자 자신들만의 생활방식대로 무리 없이 살고 있음을 본다. 하지만, 무엇보다 염려되는 것은 정신적인 어려움이다.

사회 전반의 모든 흐름이 마치 흐르는 물이 역류하듯, 시대를 거슬러 오르는듯함을 느끼는 것도 부정할 수가 없다. 그로 인해 자연을 비롯한 모든 류(類)의 삶은 정신적 육체적으로 불안할 수밖에 없는 것도 사실이다.

그 원인은 어디에 있을까 곰곰이 생각해 보면 답은 간단하다. 모든 원인은 끝없는 욕심 때문이다. 어차피 자신이 이루어놓은 정신적 물질적인 탐욕의 잔재들은 자신이 존재할 때 충족심의 만족이 있을 뿐이다. 그 누구도 생을 마감할 때 가지고 가거나 영원히 자신의 것으로 소유할 수는 없다.

그것을 알면서도 특히 사람은 상대에게 아픔을 주거나 생명을 위협하면서 모으고 이루려는 집착심에 영혼이 멈춰 고정되어 있음을 본다. 그로 인해 인류의 발전이라는 간접적인 작은 도움이 될 수는 있겠지만, 누구나 만족할 수 있는 완전한 이익이 될 수는 없다.

이제 우리는 한 번쯤, 생각해 봐야 한다. 지금 살고 있는 지구에서 정신적 육체적 물질적 모든 것을 100%로 다 이루어 성공한 이가 있다면 그 사람은 후에 무엇을 어떻게 했는지….

죽으면 한 줌 재가 될 뿐인데, 끝까지 이루려는 욕심을 제어하지 못하고 아마 지구 밖 허공을 향하여 또다시 집요하게 손을 내밀 것이다. 끝없이 모아 쌓기만 하다 죽는 개미처럼. ⬤

사람의
참된 의미(意味)

태어난 후, 살다 보면 언제부터인가 성장을 거듭하는 과정에서 내가 사람이라는 것을 자연스럽게 알게 된다. 지혜로운 선각자라면 자신이 어떻게 해서 사람이 되었고 누구였으며 어디에서 무엇을 하러 왔는지 궁금할 것이다.

그뿐만 아니라, 내가 지금 어떠한 이치에 있으며 이후에는 어디로 갈 것인가 하는 자신의 정체성을 먼저 알고 싶어 할 것이다.

이처럼 복합적인 여러 가지 궁금증이 있을 수 있겠지만, 그것보다 가장 먼저 생각해야 할 것이 있다. 우리가 사람이 되었다는 것은 그 과정이 그렇게 단순하지 않기 때문이다.

불교적 관점에서 바라보면 대부분 미혹의 결과로서 인과응보로 얻어진 생(生)이라 말하지만, 인간이라는 인과응보는 큰 성장의 토대가 되는 것이므로 말처럼 쉽게 그냥 얻어지는 것이 아니다.

마치 얽히고설킨 거미줄이나 실타래처럼 복잡한 과정에서 얻게 되는 생(生)이기 때문에 많은 이론이 성립될 수 있다. 불보살님의 가호력으로 조상님들과 부모님의 소중한 인연, 자신이 무시 이래로 지어온 선근 공덕의 결과로 어렵게 선택되는 사람 몸이기 때문이다.

사람의 몸은 귀천을 떠나서 참으로 귀한 것이다. 어느 날 잠시 났다 스러지는 물방울처럼 태어났다거나, 자신과는 전혀 상관없이 타에 의해 났다거나, 오발탄처럼 잘못 태어난 것은 절대 아니라는 것이다.

태어날 때는 자신의 의중과는 상관없이 가족들의 축복 속에, 잠재의식에는 큰 꿈과 희망을 품은 성취의 가능성을 기대하며 당당하게 태어난 것이다.

그뿐만 아니라, 들을 수 있고 말할 수 있고, 생각할 수 있고 진리를 깨달을 수 있는 지혜를 가지고 태어났다. 그중에서 부처님의 가르침을 배우고 익혀 깨달을 수 있다는 것은 무한 영광이며 특권이라 할 수 있다. 이것은 대단한 능력을 갖추고 태어난 것이다.

그리고 사람의 신성하고 공평한 개개인의 존엄성은 누가 착취하거나 타로 인해 절대로 변질될 수가 없다. 이러한 조건을 갖춘 고귀한 삶이 바로 인생의 참모습이라는 것을 스스로 깨닫고 무한 자부심을 가져야 한다.

고귀한 가치와 절대 존엄으로 행복한 삶을 영위하기 위해서는 지닌 덕성과 능력을 유감없이 발휘하여 모든 인연이 기쁨과 보람된 삶을 함께 공유할 수 있도록 무한 노력을 기울여야 할 것이다.

이처럼 사람의 참된 의미(意味)는 올곧게 성장하고 진리를 깨달아서 복된 생(生)과 행복한 삶을 함께 공유하는 데 있다. 🌑

생(生)과
삶의 의문(疑問)

사람은 태어나면서부터 자신의 의지와는 상관없이 여러 가지 경험을 시작하게 된다. 그것을 인생 또는 삶이라고 한다. 그래서 인간은 편력자(遍歷者)가 아닌가 말하기도 한다.

물론 다른 생명도 일부분 사람과 다를 바는 없겠지만, 일정 기간이 지나면 스스로 생각하고 계획하며 모든 일의 주체가 되는 것은 사람이 유일하다.

굳이 과학적 첨단의 발전은 제외하고 일상의 생활을 보더라도 물질문명이 상상을 초월할 만큼 발달하여 흔히 종교인들이 말하는 마치 천상 세계의 삶을 모방한 것처럼 발전된 것이 이것을 증명할 수 있다고 보는 것이다.

그러나 생의 끝자락이 있다는 것을 알면서도 우리는 마음의 평화를 비롯한 영원한 행복을 찾아 최선의 노력을 하면서 삶의 길을 가고 있다.

살아가는 삶의 길에서 거짓을 만나면 진실을 찾고 고통을 만나면 편안을 찾는가 하면, 괴롭고 힘든 것은 본성의 의중과는 상관없이 타협해야 할 때도 있고, 목숨이 경각에 이를 심각한 상황을 맞이할 때도 있다.

이렇듯 한평생을 사는 동안 헤아릴 수 없는 환경을 만날 때마다 거기에 상응하는 행복의 가치를 찾아 최선의 노력을 다하게 된다.

이처럼 모든 것을 스스로 선택하고 실천하는 바탕에는 바로 마음을 동반한 '나'라는 생명 의식이 있음으로써 살아야겠다는 의지와 꿈과 희망이 있다. 그리고 행복의 빛과 향기가 손짓하며 부르는 살아있음의 맥박이 요동치고 있다.

이 모든 것들이 하나로 융합되어야 나는 비로소 우리가 되고 자연과 어우러지며 집단사회를 이루어 보다 더 큰 차원에서 '삶'이란 도전의 장을 만들게 된다. 그 속에서 만남과 이별 슬픔과 기쁨 등, 무한 삶의 시행착오를 겪는 과정에서 오늘이 가고 내일이 오면 자신도 모르게 이마에는 주름살이 늘고 머리에는 어느새, 하얀 이슬이 내려앉게 된다.

생의 끝이 있음을 알면서도 몇천 년을 살 것처럼 아등바등 살지만, 욕망으로 인한 방황은 행복이라는 내적 공허를 충족하더라도 영원히 멈출 수가 없다. 다만 행복을 충족했을 때, 짧은 시간 심적 공허를 벗어날 수는 있겠지만, 영원한 생이란 있을 수 없기에 행복 또한 잠깐일 뿐이다.

이처럼, 태어남으로 인한 삶이란 끝이 있는 것이기에 성공도 실패도 행복도 불행도 꿈을 좇아 허둥대는 물거품 위에 스쳐 던져진 그림자일 뿐이다. 우리는 이쯤에서 마음의 눈을 뜨고 삶의 의미를 스스로 묻지 않을 수가 없다. 나는 누구인가? 어디에서 무엇을 하러 왔는가? 그리고 이제 어디로 갈 것인가.

이 세상에서 구하고자 하는 모든 것들은 과연 무엇인가? 끝없는 의문 덩어리를 안고 열심히 탐구할 때, 비로소 생의 뿌리에서 결코 회피할 수 없는 소중한 근원적 질문이 되고 그 회답을 얻을 때, 깨어있는 가장 행복한 삶이 될 것이다. 🌐

참마음 본성(本性)이란
어떤 것인가?

사람의 참마음이란, 본성(本性) 불성(佛性) 또는 법성(法性) 진여심(眞如心) 그리고 자성(自性) 등이라고 한다. 이 마음은 세 가지 마음 중의 근본으로서 생(生)하고 멸(滅)하는 마음과는 전혀 상관없는 본래의 마음이다.

이 마음은 생하고 멸함에 있되 생하고 멸하지 않으며, 크고 작음에 있되 크고 작은 것이 아니다. 깨끗하고 더러운 곳에 있되 깨끗하고 더러운 것에 전혀 무관한 참으로 묘한 마음이기 때문에 보려고 해도 볼 수가 없고 잡으려고 해도 잡을 수가 없는 것이다.

우리가 생각하는 상식에서 보면 마치 환(幻)과 같다. 메아리를 포용하여 그 울림이 자유로울 수 있는 삼라만상의 현상에 있되 조금도 늘어나거나 줄어들거나 하는 동요가 없다. 그러니 일체 모든 존재에게 있고 없음에 있되 도무지 있고 없음에 상관이 없는 것이다.

남녀 어린아이들이 마음껏 뛰어노는 넓은 운동장과 같고, 대자연이 생하고 멸하는 과정을 무한 반복하지만, 하늘을 비롯한 공간은 늘어나거나 줄어듦에 전혀 상관이 없는 것과 같다. 이 마음은 경계로 취하려고 하거나 마음으로 잡으려고 해도 잡지 못한다.

무관심한 마음으로 놓아버리거나 잊어버리려고 해도 그것과는 전혀 상관이 없는 근본 마음이다. 마음의 참모습을 직접 볼 수는 없지만, 두 마음은 기류적 역할과 형상적 역할을 함으로써 기류를 통해 생성되는 구름을 보듯, 자신이 생각하고 말하며 움직이는 일상의 행동을 통해 그 흔적은 볼 수 있다.

그러나 이 본성은 그것마저도 전혀 상관없는 근본 바탕이다. 다만 놓아버리거나 구하는 마음을 쉴 때, 본성은 본래의 그 자리에 아무런 동요 없이 그대로 있다는 것을 알게 된다.

새가 날거나 바람이 불거나 비행기가 날 거나 비가 오거나 초록빛 자연이 무성하거나 사람들이 오고 가거나 변함이 없다. 태고로부터 지금까지 저 넓고 푸른 하늘이 전혀 동요되지 않음과 같다.

우리가 보고 느끼는 하늘의 변화된 모습은 기류로 인해 시시각각 사람들의 눈에 드러나는 모습일 뿐이다. 마치 그림을 그리기 전의 하얀 도화지처럼, 마음먹기 따라 무엇이든 그릴 수 있는 본바탕 이것이 불성 즉, 참마음의 모습이다. ◑

여여(如如)하구나

종이도 모양도 없는 책을

다리도 바닥도 없는

책상 위에 펴 놓고서

글씨도 단어도 없는 문장을

소리 없는 목소리로

크게 읽으니

형상 없는 내 모습이

우뚝하게 드러나서

삼천대천세계에

여여(如如)하구나.

※여여(如如): 한결같고 변함이 없는 것

본성(本性)의 면모와
특징적인 점은

본성(本性)은 그 무엇으로도 대상화할 수 없는 절대적인 자신의 주체이다. 그러므로 어떤 표현도 본성의 설명이 될 수가 없다. 그러나 우리의 이해를 돕기 위하여 말로 설명할 수 없는 이론적 진실을 부득이 말로써 밖에 설명할 수 없음이 안타깝다.

육조 혜능 조사께서는,
"어찌 자성이 본래 청정하며,
본래 생멸이 없으며,
본래 동요가 없으며,
본래 스스로가 구족하며,
능히 만법을 냄을 알았으리오." 하고 말씀하셨다.

이 말에서 보는 바와 같이 우리의 본성인 불성은 누가 뭐라고 하지 않아도 권능적(權能的)인 특징이 있는 것이다.

첫째는, 원인을 모르는 상태에서 스스로 홀로 존재하며 결코 넘치거나 부족함이 없고 더럽고 깨끗함이 없는 등, 아주 작은 미립자만큼의 허물도 없는 청정(淸淨) 그 자체라는 점이다.

둘째는, 조그만큼도 변질됨이 없어 영원한 것이며,

셋째는, 변하거나 멸하는 변멸(變滅)이 없으며,

넷째는, 크고 둥글고 원만구족(圓滿具足) 하여 온갖 지혜와 덕성이 원래로부터 모두 갖추어져 있어 전혀 부족함이 없고,

다섯째는, 있는 듯 없고 없는 듯 있는 무한한 창조적 능력과 권능(權能)이 모두 갖추어져 있다는 점이다.

이 점은 인간이 진실로 존엄한 절대적 가치이며 무한권위의 소유자이며 영원한 평화적 번영이 본래부터 약속된 자라는 것을 말해주는 것이기도 하다.

그러나 인간의 본성이 불성이라는 것을 긍정하지 않고 부정할 때, 한 인간으로서의 신성도 존엄도 가치도 평화적 번

영도 긍정할 토대가 없게 될 것이다.

　그래서 "중생을 알면 곧 불성을 안다."라고 하신 옛 조사 스님의 말씀을 다시 한번 되새겨, 고귀한 인간의 가치를 지키고 존중하며, 그 가치를 발휘하도록 우리 모두 절대적 노력을 기울여야 할 것이다. 🌸

어떻게 해야 불성(佛性)을
바로 쓸 수 있을까?

가장 먼저 실천해야 할 것은 보현행원이라 할 것이다.

첫째는, 모든 부처님께 예경을 드리며 일체중생을 존중해야 한다.

둘째는, 부처님의 한량없는 공덕을 찬탄하고 주변의 모든 이웃과 중생들이 지닌 공덕을 긍정적인 마음으로 함께 찬탄해야 한다.

셋째는, 부처님뿐만 아니라 모든 선지식, 그리고 중생들에게 아낌없이 베풀고 공양하며 또한 부처님의 가르침을 배우고 익히며 열심히 수행해야 한다.

넷째는, 무시 이래로부터 지금까지 자신이 지어온 사소한 모든 허물과 죄업을 스스로 진심 참회하여야 한다.

다섯째는, 남이 짓는 공덕을 보면 자기 일처럼 함께 기뻐해야 한다.

여섯째는, 주변의 모든 선지식에게 항상 바른길을 설법하여 가르쳐 주시기를 간청해서 듣고 배워 실천함에 소홀함이 없어야 한다.

일곱째는, 부처님과 선지식들이 이 세상에 오래오래 계시기를 간청해야 한다.

여덟째는, 잠시도 소홀함이 없이 부처님의 말씀을 배우고 익혀야 한다.

아홉째는, 항상 중생을 수순(隨順)하여 우리 함께 받들어 섬겨야 한다.

열째는, 자기가 지은 모든 공덕을 일체중생과 보리 도에 회향하여 저들이 모두 안락하고 함께 깨달음을 얻게 하는 것이다.

또 오계를 적극적으로 받들어 실천하는 것이 또한 불성을 바로 내어 쓰는 방법이다.

첫째는, 모든 생명을 존중하고 내지 억압하거나 상해하여 죽이지 않아야 한다.

둘째는, 모든 이웃에게 항상 아낌없이 베풀어 주고 남의 것은 훔치거나 빼앗지 않아야 한다.

셋째는, 항상 맑고 깨끗한 실천행으로 삿된 음행을 하지 말아야 한다.

넷째는, 진실하고 긍정적인 사고로 적극적인 말을 하고 나쁜 말이나 소극적이고 부정적인 말을 하지 말아야 한다.

다섯째는, 맑고 밝은 마음을 지키고 술을 먹지 않아야 한다.

또 한 가지 실천 방법이 있으니, 그것은 바로 육 바라밀을 닦는 것이다.

첫째는, 널리 많이 베푸는 보시행을 닦는 것이다.

둘째는, 몸과 마음을 깨끗하게 계행을 닦는 것이다.

셋째는, 어려운 일을 잘 참고 견디는 인욕행이다.

넷째는, 방일하지 않고 열심히 수행 정진하는 것이다.

다섯째는, 주변의 혼탁함에서 벗어나 조용하게 마음을 안정시키는 선정에 드는 것이다.

여섯째는, 어리석음의 혼탁함을 벗어나 지혜를 이루어 깨달음을 얻는 것이다.

이러한 여섯 가지 수행이나 다섯 가지 계행이나 열 가지 행원을 닦더라도 내가 이러한 것들을 닦거나 수행한다는 상이 없어야 진정으로 불성에 효순하는 수행이라 할 수 있다. 🌑

작은 선행으로
한 방울의 물이 바위를 뚫듯이

언제부터인가 주말을 제외한 일주일에 5일 정도, 오전 9시에서 10시 사이가 되면 불편한 다리로 절룩거리며 조그만 리어카를 끌고 절 앞에 오시는 일흔 중반의 어르신 한 분이 있었다. 물론 절에 오시는 것이 목표가 아닌 골목 안의 폐지와 박스 수거가 목적이긴 했지만, 주말과 큰비나 눈이 오지 않는 날이면 어김없이 골목 안을 한 바퀴 돌아보고 가시곤 했다.

지금은 발걸음이 끊겨 행여나 하는 염려와 보고 싶은 마음으로 기다려진다. 그리고 이웃뿐만 아니라 부모 형제까지도 서로 이기적이고 패악스러운 시대적 상황에서 아주 작은 선행이지만, 그분의 모범 되고 이타적(利他的)인 실천행을 소개하고 싶어서 이 글을 쓴다. 어린 시절 부모님을 비롯한 어르신들이 우리에게 일상적으로 말씀하신 가르침이 있었다.

어른들에게 인사 잘하고 거짓말하지 말고 남의 물건 훔치지 말아야 한다. 그리고 건강한 몸으로 공부 열심히 해서 부지런하게 일하는 훌륭한 사람이 되어 남을 도우면서 살아야 한다는 것이었다. 하지만, 지금은 인심이 예전 같지 않음이 현실이기에 남을 위하는 아주 작은 실천에도 감동할 수밖에 없고 존경하게 된다.

대부분 폐지를 가지고 갈 때는 자기가 필요한 것만 가려서 가지고 갈 뿐, 주변에는 관심이 없다. 그러나 그분은 박스와 폐지를 수거한 후에도 주변을 깨끗하게 정리 정돈했으며, 혹 폐지가 없어도 주변에 쓰레기가 쏟아지거나 흩어져 있으면 꼭 정리를 해 놓고, 마치 집주인이 대문 앞을 살피듯 확인을 한 후에 가시곤 했다.

어느 날 커피를 한잔 권하며 "힘들지 않으세요?" 하고 물으니 그냥 웃으시며 대답이 없으셨다. 나중에 알게 되었지만, 그분은 말을 제대로 할 수 없는 장애가 있으신 분이었다. 생각하기에 따라 이러한 작은 일이 무슨 대단한 것이냐고 할 수 있다. 그러나 그렇지 않다. 예전에 오시는 분들은 차곡차곡 쌓아둔 주변 쓰레기가 흩어지거나 말거나 전혀 관심이 없었다.

꼭 필요한 폐지 등만 끄집어내어 자신의 몫만 챙겨가기 때문에 널브러지고 흩어져 있는 쓰레기와 폐지를 관리하기에 무척 힘이 들었기 때문이다. 가끔 길을 가다가 쓰레기봉투나 다른 쓰레기들이 흩어져 있는 것을 보면 얼마나 보기가 흉한지 경험했을 것이다.

아무런 장애가 없고 건강한 몸으로 일하시는 분들은 그렇게 흩어 놓고 자신이 필요한 것만 챙겨 가는데, 비록 몸은 장애가 있을지 몰라도 남을 생각하는 그 마음 씀씀이는 그 누구도 비교할 수 없을 만큼 훌륭하게 생각하는 것은 당연하다.

그 후로 종이 상자나 책이 많을 때면 집 안에 모아두었다가 드리기도 하고, 가끔 길에서 만나게 되면 손수레도 밀어드리고 마실 것도 드리고 했지만, 지금은 오시지를 않아 혹시 유명을 달리하시지는 않았을까 하는 생각에 안타까운 마음이다. 보기에는 별것 아닌 것처럼 보이지만, 비록 작은 선행도 실천하기 어려운 것이 사람의 마음이기에 그분이 더욱더 생각나는 하루다.

그러므로 이분처럼, 마음에서 우러나는 진실된 선행은 마치 한 방울의 물이 바위를 뚫듯이 비록 보이지는 않지만, 자신도 모르게 무한한 선업 복덕이 쌓이게 되는 것이다. 🌐

살아있는 모든 생명이
우주의 핵심

칼바람 불던 겨울이 지나고 어느덧 담장 밑 따사로운 햇살을 파고드는 봄바람이 뾰족이 내미는 아기 새싹을 품어 안고 설 잠드는 한가로운 이른 봄이다.

해마다 이맘때가 되면 세상의 자연 속 동식물들은 기지개를 활짝 켜고 또 다른 내일의 삶을 위해 최선의 노력을 다하고 있다.

사람의 입장에서 보면 사람들만의 삶이 복잡하고 분주한 것 같지만, 자연 속 모든 동식물의 생존을 위한 몸부림 또한 현실적으로 그리 쉽지 않다.

비록 드러나 보이지는 않지만, 얽히고설킨 식물들의 근본 뿌리를 갈무리하고 있는 땅속을 들여다보면 말로 표현할 수 없을 만큼 생존경쟁이 얼마나 치열한지 알 수 있다. 동물은 동물대로 잠시도 방심할 수 없는 하루하루의 생을 보전하다가 어느 날인가 약육강식의 순리에 따라 서로가 먹고 먹히며 생을 마감하게 된다.

뜨고 지는 해와 달, 흐르는 강물, 불어오는 바람 등, 그 어느 생명이나 자연생의 존재도 순리의 흐름에 따라 모두 평온하고 순조로운 것 같지만, 그것은 바라보는 입장의 차이일 뿐, 치열한 무한경쟁 속에서 존재할 수 있는 짧고 긴 순간적 생존일 뿐이다.

어릴 때 이웃 할머니와 아주머니들께서 가끔 하늘을 날고 있는 새를 보며 무심코 하시던 말씀이 생각난다. "내생이 있다면, 나는 죽어 다시 태어날 때는 새가 되어 저 하늘을 훨훨 날고 싶다."고….

그만큼 가정을 벗어나지 못하고 가난과 억눌림 속에서 시집살이뿐만 아니라 남편 내조와 자식들 양육, 그리고 농사일에 잠시도 쉴 틈 없이 일생을 감옥과 같이 지내다 보니 그것이 마음속의 응어리가 되고 한이 되어 자유가 너무나 그리운 것이었다.

그렇지만, 새들 또한 매나 독수리의 불안에 떨지 않을 수 없다는 것을 알아야 한다. 이처럼 사람마다 생명마다 모두 사연이 있고 나름대로 알 수 없는 어려움과 아픔이 있다. 그러나 이 넓은 대우주 속에는 또 다른 한 생명이라는 소우주가 생멸함으로써 모든 존재의 가치가 눈물겹도록 소중하다는 것을 알아야 한다.

사람뿐만이 아니라, 살아있는 모든 생명이 바로 한 우주의 집합체라는 것이다. 2023년도 세계 인구는 약 80억 명이라고 한다.

무시 이래로 많은 사람들이 이 세상을 다녀갔지만, 자신이 우주의 핵심임을 알고 간 사람이 얼마나 되는지는 알 수 없다. 참으로 안타까운 일이다.

이제부터라도 자부심을 가지자. 존귀하다는 것 말고 나를 비롯한 살아있는 모든 생명이 바로 우주의 핵심이라는 자부심 말이다.

　그렇게 생각하는 순간, 자신이 바로 메시아가 되고 모든 것을 성취할 수 있는 자격을 갖추고 있다는 것을 스스로 깨닫게 되어 무한 행복을 느끼게 될 것이다. 🌐

뱀도 인(人) 표를 맞아야
용(龍)이 된다

어릴 때 어르신들에게 들은 말씀 중에 뱀도 인(人) 표를 맞아야 용(龍)이 된다고 하신 말씀이 생각난다. 이처럼 세상 모든 만물은 현실의 상황과 관계없이 자신을 어떻게 운용하느냐에 따라서 윤회하는 과정을 거쳐 보다 더 성숙한 몸을 받아서 삶을 영위할 수 있다는 것을 알 수 있다.

사람들이 볼 때는 별것 아니라고 생각하는 길가에 초라한 풀 한 포기도 기어다니는 벌레뿐만 아니라 미생물까지도 그렇다. 생(生)한 그 자리에서 어떻게 사느냐가 그만큼 중요한 것이다.

사람처럼 모든 것을 다 갖추어 소위 작은 우주라고 할 만큼 완벽한 생을 받은 영혼은 없다. 그리고 만물 중에서 사람처럼 가장 뛰어난 삶을 영위하는 생명도 없다. 이처럼 사람의 몸을 받기까지 걸어왔던 윤회의 수레바퀴 속에서 얼마나 긴 세월을 노력하여 얻은 결과인지 한 번쯤 생각해 봐야 한다.

만약 부귀영화라는 꿈 안개 속에서 하루하루 세월 약을 먹고 술에 취한 듯 달려간다면, 그 나날들이 쌓여 다시 축생이나 자연 속 또 다른 만물로 돌아가는 것은 자신의 의지와는 상관없고 길게 볼 것 없이 한평생이면 족하다.

모든 일을 저질러놓고 후회하는 것은 어리석은 일이지만, 대부분 삶 속에서 반복되는 어리석음은 이루 헤아릴 수 없이 많다. 예나 지금이나 부족하거나 넉넉해도 사람의 욕심을 다 채울 수는 없기에 시절의 혼탁함은 다를 바가 없다.

중요한 것은 삶이 빈곤했던 예전이나 모든 것이 풍요로운 지금이나 전혀 다를 바가 없다는 것이 큰 문제가 아닐 수 없다. 예전보다 지금이 정신적 물질적으로 오히려 불평불만이 많다. 모르긴 해도 예전 선조들께서 지금, 이 시절을 사신다면 변화된 모습에 마치 천상낙을 누리는 듯 행복해하실 것이다.

일반적으로 사람들과 말하다 보면 "사람이 뭐 다 그런 거지" 하는 말을 자주 듣는다. 실수도 할 수 있고 잘못도 할 수 있고, 좋은 생각 나쁜 생각도 할 수 있고, 돈도 벌고 싶고 명예도 얻고 싶고 등, 사람이니까 희로애락과 탐진치(貪瞋癡)는 내려놓으려야 내려놓을 수 없는 당연한 것 아니냐는 그런….

그러다 보니 사회에서 가장 존경받아야 할 교육자를 비롯한 종교 성직자들도 말과 실천행이 전혀 다른 경우를 많이 접하게 된다. 부처님께서는 실천행에서도 제자들에게 한 치의 의문도 가지는 일이 없게 하셨다.

계행을 철저하게 지키셨기 때문에 오히려 수행 처소에 머물던 제자들이 힘들어할 수밖에 없었다. 발우 공양을 나가실 때나 탁발하실 때 돌아오셔서 공양을 드시는 것부터 시작해서 물 한 모금 마시는 것까지도 그랬다.

제자들 입장에서는 어느 것 하나 뭐라고 지적할 수 있는 것이 한 가지도 없었다니 정말 대단하다고 하지 않을 수가 없다. 모든 생명을 죽이지 말라는 말씀뿐만 아니라, 모든 행을 실천하셨다. 물 한 모금을 마실 때면 꼭 천을 가지고 오라고 해서 천에다 물을 한 번 거른 뒤에 그 천을 물에다 씻어서 미생물을 살렸다고 한다.

정말 쉽지 않은 일이라고 생각한다. 부처님께서 육 년 고행으로 깨달음을 얻으신 것처럼, 사바세계는 실천함으로 얻게 되는 결과로 자신들이 가야 할 정신과 육체적인 생을 얻게 되는 육도를 향한 간이역이다. ✿

여보게! 자네는 지금 어디로 가고 있는가?

사람은 영혼이 맑고
건강해야 한다

우리나라의 국민성을 나름대로 한번 정리를 해보았다.

물론 이것이 절대적인 것은 아니지만, 보편적으로 많다는 것은 확실하다. 가장 뚜렷한 것은 물건 또는 언어를 비롯한 문화적인 것까지 외국의 것들은 무조건 선호하고 있다는 것에 동의한다.

특히 우리나라의 문화 중에서 '효' 문화와 인정 문화는 세계적으로 봐도 사람이라면 문화적 정신적으로 누구나 가장 소중하게 보존해야 할 가치가 있다고 생각한다. 그런데 지금은 이러한 것들이 모두 사라져 가고 있다.

만물의 영장으로서 생각하고 말할 수 있는 지혜로 무한한 발전을 기대할 수 있는 사람이 오히려 한정된 축생의 삶을 동경(憧憬)하는 듯한 현실을 바라보는 마음은 안타까움을 넘어 비통한 심정이다. 인정이 메마르고 효심이 고갈됨으로써 웃음과 자애로운 따뜻한 마음은 없다고 해도 틀린 말이 아니다. 가족들 간의 대화마저도 사무적이고, 물질적인 가치로만 성공과 실패를 규정하고 있다. 상대를 향해 웃을 수 있다는 것은 그만큼 마음이 온유하고 여유가 있다는 것이다. 그렇지만 차가운 눈빛과 냉정한 마음속에는 언제나 긴장과 불안의 연속이 있을 뿐이다.

그럴 수밖에 없는 것이 자동차를 운전하게 되면 대부분은 마치 벌에 쏘여 놀란 것처럼 급하다. 여유로운 마음으로 차분하게 운전하는 경우를 별로 본 적이 없다. 그만큼 정서적으로 무엇엔가 쫓기고 있는 듯 불안한 모습이다. 그로 인해 내 탓이 아닌 네 탓으로 앞뒤 통행하는 운전자를 향해 화를 내거나 상식 이하의 발언을 하는 것도 일상적인 행위가 되었다. 생각해 보면 예전보다 물질적인 것은 몇 배가 넉넉하지만, 정신적으로는 오히려 몇 배가 줄어든 것처럼 여유가 없다.

여보게! 자네는 지금 어디로 가고 있는가?

저 먼 곳을 눈 안에 담고 꿈을 향해 가는 것이 아니라, 마치 눈앞에 떨어져 있는 장난감 하나를 줍기 위해 발만 보며 걸어가는 아기의 걸음마를 보는 듯하다. 그러니 인성적 모든 가치가 한 치 앞을 제대로 보지 못하고 가는 깃처럼 느껴질 수밖에 없다. 전후좌우를 돌아보면 물질뿐만이 아니라 지식을 비롯한 세상의 모든 정보를 접할 수 있어서 더욱 그렇다. 오히려 보고 듣고 너무 쉽게 배워서 영혼을 녹여 갈무리하는 지식과 지혜는 없다. 다만 그때그때 암기하는 학문에 의해 책임질 수 있는 지혜의 말보다 불필요한 말이 많으므로 실천은 빈약할 수밖에 없다.

실천이 없으면 공허한 메아리가 되고 거짓말이 된다. 그것은 더불어 사는 세상에 몸과 마음뿐만 아니라 영혼을 아우르는 진정한 사랑을 나눌 수는 없다. 얼마나 어리석으면 다른 사람보다 특출한 능력도 없으면서 열심히 일하여 돈을 벌어보겠다고 찾는 곳이 있다.

그저 자신을 인정해 주고, 힘 안 들이고, 하는 일 없이 편하게 많은 돈을 벌 수 있는 곳이다. 소위 말하는 한탕주의다. 그런 사고를 할수록 참다운 삶의 방향은 찾지 못하고 즐기면서 살자는 것에 목적을 두게 된다. 내가 어떻게 노력해서 어떤 인생을 살 것인가 하는 것을 깊이 생각한다면 자신이 스스로 땀 흘릴 각오가 되어 있어야 한다. 적어도 사람이라면 맑은 영혼이 건강하게 살아 있어야 하고 아무리 부족한 남자라도 뼛속에 근육이 있어야 한다. 그렇지 않고는 누구에게도 아름답고 행복한 내일은 있을 수 없다. 🌀

효(孝)는 아름답고 소중한
문화적 보고(寶庫)

　누구나 어머니의 몸을 의지해서 세상에 태어나면, 어머니
의 가슴을 잠자리로 하고 무릎을 놀이터로 하며 젖을 음식으
로 하고 어머니의 사랑을 생명으로 삼는다.

　부처님께서는 『아함경』에서 효에는 세 가지의 효(孝)가 있
다고 말씀하셨다.

　첫째, 옷과 음식을 제공함은 가장 하품의 효행이요,
　둘째, 부모님의 마음을 기쁘게 하는 것은 누구나 당연히 해
야 하는 중품의 효행이며,
　셋째, 나를 낳아주시고 길러주신 부모님의 공덕을 여러

부처님께 회향하는 것은 가장 뛰어난 상품의 효행이라고 한다.

그리고 『삼세인과경』에서 다음과 같이 말씀하셨다,

"너희들은 마땅히 부모님에게 효도해야 하느니라. 부모님이 아니시면 그 누가 이 세상에 태어날 수가 있으랴. 부모님이 계시므로 우주의 근본이 되는 이 몸이 있으며, 또한 사람의 도리가 있으니 이 모두가 부모님의 은혜가 아니고 무엇이랴."

"그러므로 부모님이 살아계실 때는 지성으로 봉양하고 부모님이 세상을 떠나신 후에는 부모님의 영혼이 편히 쉬실 수 있도록 열심히 기도 발원해야 하느니라. 그리고 나의 부모님이 아니더라도 병든 노인이나 나이 많은 노인을 대할 때는 내 부모님을 대하듯이 공경해야 하느니라."

"그렇게 하면 그러한 공덕으로 불법승 삼보님과 하늘과 사람, 그리고 팔부신중의 모든 선신들이 언제나 자신을 보호하고 비록 힘든 일을 당할지라도 세세생생 많은 사람의 도움

여보게! 자네는 지금 어디로 가고 있는가?

을 받을 수 있으며 수명 또한 길어지고 자손 대대로 많은 복을 누리며 부귀영화를 누릴 수가 있느니라."

부처님께서 『중아함천사경』에도 "만일 모든 중생들이 사람으로 태어나서 부모님에게 효도하지 않고, 이웃 어르신들을 존경할 줄 모르며 모든 일을 진실하고 미덥게 행하지 않고 복과 덕을 쌓지 않으며 후세의 죄를 두려워하지 않으면, 그는 이것으로 인연하여 몸이 무너지고 목숨이 끝난 뒤에는 반드시 지옥에 떨어지게 될 것이다."

"천하의 모든 물건 중에 내 몸보다 더 소중한 것은 없다. 그런데 이렇게 소중한 이 몸은 바로 부모님께서 주신 것이다." 라고 말씀하셨다.

그러므로 이렇게 소중한 이 몸을 주신 부모님께 효행을 다함은 당연하다. 부모님을 공경하는 효행은 마음으로 하는 것이기 때문에 쉽지만, 부모님을 사랑하는 효행은 몸소 실천해야 하는 것이므로 지극히 어려운 것이다.

특히 불편한 몸으로 인하여 자리보전하고 계실 때는 더욱 어렵다. 부모님을 봉양하는 자녀가 많다 해도 언제나 서로 다투는 것을 흔히 보게 된다. 그러나 부모님께서는 홀로 열 자식을 기르더라도 정성을 다하여 변함없는 사랑으로 부족함이 없다는 것을 알 것이다.

그러니 어떠한 경우라도 아들딸이 진정으로 부모님께 효도한다면, 그로 인해 부모님은 즐겁고 행복하여 집안은 언제나 화목하며 모든 일이 원만이 이루어질 것이다.

아내와 자식을 사랑하는 그 마음처럼 최선을 다하여 부모님을 섬긴다면 그것은 바로 지극한 효도라고 할 수 있다. 특히 사람은 다른 동물과는 다르므로 이러한 효의 문화는 전통적으로 지켜야 할 우리나라만의 아름답고 소중한 문화적 보고(寶庫)임을 알아야 한다. ✿

후회 없는
한 해가 되었으면

　사람마다 살아온 길은 다르다. 그것이 물질을 비롯한 부와 명예, 권력의 성취로 인한 희열이 아니면 잘못된 삶으로 인한 정신적 물질적 후회만 가득한 마음의 상처와 아픔일 수도 있다. 그러나 사람이 황혼의 끝자락에 가까워질수록 분명히 알아야 할 것들이 있다.

　첫째는 자신이 존재하는 근본적 원인 중 가장 중요한 것은 영혼의 문제를 한 번쯤 깊이 생각해 봐야 한다. '나는 누구이며 어디서 무엇을 하러 왔으며 어디로 가는가.' 물론 쉽게 알 수 있는 문제는 아니지만, 자신에 대한 근원적 문제이기 때문에 최선의 노력은 해봐야 한다.

둘째는 안이비설신의(眼耳鼻舌身意) 육근(六根)이 작용하면 가장 바쁜 것이 입이다. 보고 듣고 냄새를 맡고 맛을 보고 몸으로 느끼는 모든 것을 잠시도 쉬지 않고 입으로 표현하기 때문에 듣는 입장에 따라서 말이 많다고 할 수가 있다.

물론 젊을 때는 웬만큼 사사로운 것들이 쉽게 이해되고 일상의 과정에서 사무적으로 생각하고 넘길 수 있지만, 나이가 많을수록 잔소리로 받아들여서 거리감을 두기 때문에 특히 말을 조심해야 한다.

불교의 경전 『천수경』에 보면 "정구업진언(淨口業眞言)"이란 구절이 가장 앞에 있다. 말의 무게와 맑음이 얼마나 중요하면 모든 의식의 첫머리에 입으로 지은 업장을 깨끗하게 맑혀야 한다는 구절을 으뜸으로 독경하게 하였는가 하는 것이다.

스님들께서 가끔 '묵언'이라는 나무패를 목에 걸고 묵언수행에 정진하는 경우가 있다. 이 또한 입으로 짓는 업장이 수미산을 넘고도 남음이 있음을 알게 하는 좋은 가르침이라는 것을 깊이 생각해 볼 일이다.

셋째는 어르신들을 접하면서 직접 경험한 것은, 한번 무엇인가 보고 느꼈을 경우, 그 상황이 해결되지 않으면 계속 그것만 무한 반복하는 경향이 있다. 무엇을 고치거나 치워야 하는데, 해결이 되지 않으면 며칠이 지나도 그 일만 반복하는 것이다.

어느 의사 선생님에게 그 문제를 여쭤본 적이 있다. 그것은 젊을 때와는 다르게 노년이 되면 생각과 눈의 시야가 부챗살처럼 넓게 펴지는 것이 아니라 좁아지기 때문이라는 것이다.

그래서 많은 일을 말하기보다는 한두 가지 일이 해결될 때까지 무한 반복하는 것이라고 한다. 아마 모르긴 해도 이러한 일들이 먼 훗날 우리들의 모습일 수 있다는 것을 알고 삶의 과정에서 조심한다면 절대 나쁘지 않을 것 같다. ●

효(孝)

감정을 수반한 효는 하지 말라

효란 오직 자신의 일부를 보임이니

보임은

넉넉하여 밝고 편안한 모습이오

보이지 않음은

 부족함으로 모나고 지쳐 힘든 모습이다

부모님은 오직 그로 하여 기쁘시나

효를 행하였다 하여

기뻐하거나 자랑하지 말라

효를 행함은 기뻐하거나 자랑할 일이 아니오

마땅히 스스로 행하여

실천해야 할 일이니.

사람이 영원히
산다는 것은

　살아있는 생명은 하루하루 자고 일어나 움직이는 과정에서 먹고 싸고를 반복하면서 삶이라는 이름으로 수명이 연장된다. 그렇게 생명이 연장되는 것을 산다고 한다.

　물론 움직이는 과정이 셀 수 없이 많은 과정을 거치기 때문에 사람마다 그 행위가 다르다. 어려서부터 늙어 생을 마감할 때까지 자신이 했던 일들을 다 기억하거나 기록할 수는 없다. 그것은 그 양이 워낙 방대하고 복잡하기 때문이다.

　살아야 한다. 살기는 살되, 잘 살아야 한다. 그리고 행복해야 한다고 하지만, 삶이란 것이 그렇게 쉬운 것이 아니기 때문에 자신의 꿈과 희망대로 되지를 않는다. 그래서 육체적 정신적으로 무한 고통을 겪게 된다. 모든 일이 자기 뜻대로 된다면 행복하겠지만, 사람마다 이루고자 하는 욕심은 끝이 없으므로 결국은 욕심으로 인하여 불행을 초래할 수밖에 없다.

어느 날 한 외도(外道)가 부처님을 찾아와서 물었다.

"부처님, 부처님께서는 신통력이 있다고 알고 있습니다."

"부처님께서는 신통력뿐만이 아니라 깨달음을 얻으셨다고 했습니다."

"그리고 중생을 제도하신다고 하십니다."

"그렇다면 지금 모든 중생은 굶주림과 어려운 삶에 지쳐 자신들의 꿈과 희망으로 행복을 찾아 무한 노력을 하고 있습니다. 이럴 때 부처님께서 신통력으로 눈 덮인 히말라야산맥을 금덩어리로 만들어서 나눠주신다면 모든 중생의 소원이 다 이루어질 텐데 왜 그렇게 하시지 않고 말로만 중생제도를 한다고 하십니까?"

이 말을 들은 부처님께서 말씀하셨다.

"너는 잘 들어라."

"내가 저 산의 눈덩이를 금으로 만들기는 오히려 쉬우나

여보게! 자네는 지금 어디로 가고 있는가?

중생들의 욕심은 끝이 없으니, 그 욕심을 제어하기는 참으로 어려운 것이다. 만약에 히말라야의 하얀 눈을 금덩어리로 만들어 골고루 나눠준다고 하더라도 그 무엇인가를 더 가지기 위하여 힘 있는 자들의 싸움은 계속될 것이다. 그뿐만 아니라, 나라 간의 전쟁은 끝이 없을 것이니 자신들의 욕망을 채우지 못하는 것은 똑같으니라." 하셨다.

이처럼 사람이 산다는 것은 무한한 욕망의 끝이 없음이라 해야 할 것이다. 사람이라면 누구나 백 년 이내의 삶인 줄 뻔히 알면서도 몇백 년을 살 것처럼 죽음을 망각하고 영원을 꿈꾸고 있는 것이 안타깝다.

산다는 것은 죽음을 향하여 가고 있는 길지 않은 노정(路程)이라는 것을 알아야 한다. 그러면 지금보다 더 나은 행복한 삶을 영위할 수 있지 않을까 싶다. 다만 우리가 분명히 알아야 할 것은 죽되 죽지 않는 길을 찾아야 한다는 것이다.

이 육신은 멸하되 영혼은 불멸한다는 도리를 깨달아 분명하게 아는 것, 이것이 영원히 사는 것이다. 그렇지 못하면 하루하루 산다는 것이 바로 죽음으로 가는 길일 뿐이다. 🔅

• 시의 향기

하늘의 눈과 귀

하늘의 들으심은 심히 고요하여

소리 없음에 있으므로

사람들의 사사로운 작은 소리도

천둥소리와 같이 들으며

마음속에 칼을 품고

겉으로는 웃으면서 다가서도

신의 눈은 번개와 같아서

절대로 속일 수가 없나니

허공이 내 눈 밖이라 하여

없다고 하지 말고

마음이 보이지 않는다고

아무렇게나 쓰지 말라

하늘의 눈과 귀는 예리하여

내 생각을 벗어나서 존재하나니….

118

여보게! 자네는 지금 어디로 가고 있는가?

순리를 따른 삶에는
무한인내가 필요하다

우주를 제외하고 지구상에 존재하는 생명체는 몇 종류나 될까. 아무리 물질문명이 발달한 첨단의 학문을 동원한다 해도 이것을 정확히 파악하기는 참으로 어려울 것이다.

눈으로 쉽게 볼 수 있는 생명체, 현미경을 통해야만 볼 수 있는 생명체, 그리고 일만 억 조 분의 일을 볼 수 있는 슈퍼현미경이 있어야만 볼 수 있는 생명체 등.

모든 것을 동원해도 보고 알 수 없는 미진의 생명체 등을 다 파악할 수 있어야 하므로 불가능하다고 봐야 할 것이다.

사람뿐만 아니라 물질문명의 모든 방법을 총동원해도 정확하게 알 수 없는 많은 생명체 중에서 사람의 몸을 받았다는 것은 그야말로 우주 삼라 속에 떠다니는 보이지 않는 미진의 티끌 하나가 선택된 것과 같은 행운임이 틀림없다.

물론 어떤 생명체든 태어나면 한평생을 주어진 환경에 따라서 살기 마련이다. 특히 사람처럼 귀로 듣고 눈으로 보고 말을 하고 의식적으로 체감하며 마음으로 판단하여 행동으로 옮기며 지혜를 갖추고 있는 생명체는 없으므로 이것은 절대불변의 보배임이 틀림없다.

사람은 안이비설신의(眼耳鼻舌身意)가 분명하다. 다른 생명체들이 갖추지 못하고 있는 모든 것을 갖추고 있다. 그렇지만 끝없는 불평불만 속에서 행복한 삶보다 오히려 불행한 삶의 길을 가고 있다.

일반인뿐만 아니라, 많은 종교인도 함께 탐진치(貪瞋癡) 삼독(三毒)을 없애야 한다. 마음을 비워야 한다. 착하게 살아야 한다고 하면서 나름대로 사람이 갖추고 있는 절대적인 행복의 요건을 활용하기 위해 최선의 노력을 하고 있지만,

깊은 골을 따라 흐르는 메아리처럼 오히려 혼탁한 삶으로 불안만 가중되고 있을 뿐이다.

　이제 우리는 알아야 한다. 그리고 감사할 줄 알아야 한다. 지각과 감각을 모두 갖추고 사람 몸 받아 태어난 자신이 얼마나 위대하며 절대적인 존재인지 그래서 존재만으로도 행복하다는 것을.

　그러나 주어진 현실적 모든 것을 받아들이고 순리를 따른 삶에는 무한 인내가 필요하다. ⚙

자연은 순리를
따른다

창가에 앉아 차 한 잔의 향기로 마음의 여유를 만끽하며 파란 하늘을 본다. 귓불을 스치는 바람에 마음은 어느덧 고즈넉한 고향 초가 툇마루에 앉는다. 어린 시절 장티푸스가 창궐할 때, 전염되어 몇 달 동안 생사를 헤맨 적이 있었다.

1968년 그때만 해도 지금처럼 예방접종을 할 방법은 없었다. 동네마다 전염병이 번지면 많은 사람들이 사망하거나 오랫동안 고통을 받았지만, 요즘처럼 치료할 수 있는 병원도 많지 않았고 의료시설도 약도 변변치 못했던 옛 기억들이 새록새록 되살아난다.

그동안 코로나로 인하여 일상의 흐름이 혼란스러운 모든 제재가 풀려서 이제는 자유로운 만큼 한가롭게 흐르는 흰 구름이 이전보다 더욱 평화롭게 느껴진다. 저만큼 날고 있는 새들도 무척 활기찬 모습이다. 누구나 몸과 마음이 사슬에 묶여 어두운 터널에 갇혔다가 빠져나온 것처럼 보인다. 물론 자유롭게 오고 가는 사람들의 모습이 새롭게 느껴지는 것도 같은 마음일 것이다. 가장 안타까운 것은 마스크 너머로 말하거나 서로를 대할 때였다.

마치 무슨 병균을 대하는 듯했던 서먹함이었다. 그렇게 마음 조이며 살아온 긴 시간이 지나 어느덧, 부처님 오신 날도 얼마 남지 않았다. 무슨 일이 있었느냐는 듯 좁은 마당에는 철삿줄에 매달린 수박 비닐 등이 실바람에 춤을 추고 있다.

올 한 해 가내 태평과 심중 소구 소원 발원의 연등을 부처님 전에 밝히기 위해 그동안 뜸했던 불자님들의 발길이 조금씩 분주해짐이 느껴진다. 얼마 만인가! 그동안 전화와 SNS로 주고받던 정보들을 뒤로하고 직접 만나게 되니 뭐라고 형용할 수 없는 감정에 너나 할 것 없이 모두 눈시울이 촉촉해짐을 본다.

그뿐만 아니라, 연로하신 보살님들께서 웃는 모습으로 '스님' 하고 부르며 들어오시는 모습을 보면, 마치 유명을 달리하셨던 어머니가 살아오신 듯 고맙고 반가운 마음을 표현할 수가 없다. 코로나로 인하여 젊은이들도 힘들어하는 어려운 시기에 건강한 모습을 뵐 수 있다는 것은 모두 대자대비하신 부처님의 대원력의 힘이 아닌가 싶다. 이제는 예전처럼 모두의 꿈과 희망을 실현할 수 있는 자유로운 일상이 되었으면 하는 마음 간절하다.

그렇지만, 코로나로 인한 후유증의 잔재들이 모습을 감추지 않고 느슨하게나마 삶의 끈을 잡고 관망하고 있는 듯하여 불안하다. 물론 시간이 흐르고 하루하루 지나다 보면 모든 일들이 제자리를 찾겠지만, 마음 한편에는 또 다른 전염병으로 인한 확신할 수 없는 미래를 보는 것 같아 더욱 안타깝다.

이제 우리 모두 가슴을 활짝 펴고 심호흡을 크게 한번 쉬어보자. 시절이 아무리 혼탁하고 각박해도 해와 달은 뜨고 진다. 꽃은 피고 새는 운다. 하늘의 별은 반짝이고 자연은 변함없이 푸르다. 사람은 병균이 두려워 예방과 치료라는 이름으로 그를 죽이고 피하려 하지만, 쉽지 않은 것이 현실이다. 자연은 순리에 따라 모든 것을 소리 없이 받아들인다. 우리도 자연처럼 초연해질 수는 없는 것일까. 고통이 아닌 일상의 행복으로 말이다. 🌸

추억과 함께하는
차 한 잔의 행복

불우했던 어린 시절, 한 번도 미래에 대한 꿈과 희망 성취에 대한 신념을 잃어버린 적이 없었다. 어떠한 일이든 중간에 포기하지 않았고 언제나 최선을 다하는 아주 모범적인 어린 시절을 보냈다.

물론 많은 어려움이 있었지만, 나름대로 최선을 다했기 때문에 살아온 지난날의 일들이 지금도 후회는 없다. 그중에서 열여섯 살 때부터 불교에 인연이 된 것은 신의 한 수라 할만큼 나에게는 삶의 큰 변화가 있었다.

부잣집 아들로 살다가 풍비박산된 가정의 몰락으로 비렁

여보게! 자네는 지금 어디로 가고 있는가?

뱅이와 다름없는 처참한 현실, 그로 인해 이름 모를 병으로 아프기 시작한 이유로 인연이 된 불교다. 처음에는 병을 낫게 해 달라는 소원을 비는 기도로 염불을 시작했지만, 생각해 보면 누가 가르쳐 주지도 않았는데 시간이 지남에 따라 기도의 목표는 점점 달라지기 시작했다. 어쩌다 어렵게 구한 경을 읽으면서 스스로 느끼게 된 것은 배고픔도 몸이 아픈 것도 나 하나면 족하다는 생각에 이르게 되었다.

그 생각을 하게 된 이후부터 나의 기도 목표는 중생을 제도해야겠다는 것으로 바뀌었다. 물론 어린 나이라 중생제도의 큰 의미 같은 것은 알 수가 없었다. 분명한 것은 배고픔도 몸이 아픈 것도 다른 사람의 몫까지 대신 다 하겠으니 제발 그렇게 해달라고 기도를 하는 것이었다.

생각해 보면 18세 나이로는 참으로 당돌하고 맹랑한 아이였다. 그 이후로도 그 마음은 변하지 않았다. 그때는 그것이 서원인지도 모르고 그냥 그렇게 기도하면 부처님께서 다 이루어 주실 거라는 맹목적인 기도였다.

몸이 몹시 아플 때는 집 뒤에 있는 산속에 들어가서 몇 시간 동안 시간 가는 줄도 모르고 울면서 관세음보살을 부르기도 하고 염불을 했다. 길을 가도 일을 해도 잠시도 쉬지 않고 입으로는 관세음보살 또는 화두(話頭) '이 뭣고', '차나 한잔 하고 가시게', '똥 묻은 막대기', '뜰 앞에 잣나무'를 하면서 그렇게 이 년 정도 했을 때 어느 날부터인가 묘한 일이 일어나기 시작했다.

그것은 어린 나이에 감당하기에는 참으로 벅찬 지면으로는 다 설명할 수 없는 경계를 맞게 된 것이다. 그 후로부터 일어난 모든 일들이 신기했지만, 이상한 경계를 접하면서도 그러한 현상에 현혹되거나 경계에 빠지지 않고 열심히 염불 화두 행선 기도에만 전념했었다. 그것이 나의 영원한 행복의 근원이 되었다.

사람들은 뭔가를 한 가지 배우려면 최선의 노력뿐만 아니라 학교에 다니면서 대학까지 십 년을 시간과 물질을 투자하고 노력해야 한다. 그러나 나는 국민(초등) 학교 중퇴 후에 배운 것이 없는 상태였으니 아무것도 할 수 있는 것이 없었다.

그러나 지금은 음악이 필요하면 작사, 작곡, 편곡, 노래, 제작을 하여 음반을 출시하고, 또한 연주가 필요할 땐 색소폰, 해금, 에어로폰, 키보드, 아코디언을 연주한다. 길을 가다 시상이 떠오르면 시와 시조, 그리고 동시나 수필을 써서 책을 출간하고 때로는 시에 맞는 그림을 그려 전시회 등 다양한 활동을 하고 있다.

이처럼 때와 장소에 따라 무엇이든 하고 싶은 것을 그때그때 환경에 맞춰서 다할 수 있게 되었으니, 부처님의 가피력이 아니었다면 이것이 어떻게 가능할 수 있을까 하는 생각을 한다. 물론 물질로 행복을 논한다면 물질적인 것은 가진 것이 없으니 할 말이 없지만, 지금 활동하고 있는 모든 일에 의한 정신적인 행복을 말한다면, 이 세상에서 나만큼 행복한 사람은 많지 않을 것이라 본다.

이처럼 신심을 다하여 신행을 제대로만 한다면 어떠한 어려움이 있어도 해결되지 않을 일은 없다는 확신을 그때 가지게 되었다. 불교에 정신일도 하사불성이란 말이 있다. 정신을 한곳에 집중하면 어떤 일도 이룰 수 있다는 말이다.

세상에 공짜는 없다. 이 말은 일상적인 말로 많이들 하고 있다. 그러나 세상에 부처님께 하는 기도 또한 헛됨이 없다는 것을 다시 한번 분명히 말하고 싶다.

그것을 증명하는 것은 바로 내가 하는 모든 일을 보면 된다. 그러니 행복하게 살고 싶으면 선하고 순수한 마음으로 열심히 부처님께 기도하라. 그러면 분명히 원하는 바를 반드시 이룰 수 있을 것이다. ☀

여보게! 자네는 지금 어디로 가고 있는가?

우주는 방대한
인생 교과서

사람의 몸을 사대육신(四大六身)이라고 한다. 이것은 두 팔과 두 다리 그리고 머리와 몸뚱이를 일컫는 말이다. 더 세부적으로 말하면 오장육부(五臟六腑)를 말하기도 한다. 곧 내장(內臟)을 통틀어 하는 말로서 간장, 심장, 폐장, 신장, 비장의 오장과 대장, 소장, 위, 쓸개, 방광, 삼초(三焦)의 육부를 말한다.

이러한 몸은 마치 자동차의 엔진과 전기회로의 배선과 같은 많은 추가적인 기능들이 모두 갖추어져 있다. 더 나아가서는 보이지 않는 정신적인 종합체라고 할 수 있는 마음이라는 고차원적 에너지가 있다. 마음은 자신의 일거수일투족뿐만 아니라 몸 전체의 기능적 흐름은 물론 말과 행동 등 모든 것을 컨트롤(control)하고 있다. 참으로 불가사의하다고 할 만큼 묘한 마음의 작용이 아닐 수 없다.

이렇게 태어나는 순간부터 선천적으로 모두 갖추어진 기능을 가지고 다시 세상이라는 운동장에서 적응하며 살아남기 위한 또 다른 배움이 시작되는 것이다. 이것이 생명 있는 모든 만물의 생존방식이다. 마치 완벽하게 만들어진 자동차를 시장에 출시함이 생명의 태어남과 같다고 하면 이해가 빠르지 않을까 싶다.

아기로 태어나서 먹고 싸고 잠자고 엎치고 기고 일어나 걸음마를 시작으로 옹알이부터 말하기까지 삶 자체가 세상에 적응하며 죽는 순간까지 살아남기 위한 배움의 장이다. 정신적 육체적으로 잠시 한 찰나도 배움 아님이 없는 과정을 그치지만, 또 다른 운명이란 바람으로 인해 넘어지고 일어나고를 반복하는가 하면, 병이 들었다가 치유되기도 하는 시련의 여러 과정을 무한 반복하면서 삶이란 긴 여정을 가게 되는 것이다.

그러니 인생은 오르막 내리막이 있고, 곧고 굽은 길이 있고, 넓고 좁은 길이 있고 깨끗하고 더러운 길 등이 있는 것이다. 삶이란! 우주라는 방대한 인생 교과서를 펴 놓고 삶의 노정을 보다 더 쉽고 행복하게 살기 위해 배우며 실습하는 학습의 장임을 알면 모르고 하는 삶의 공부보다 더 많은 행복감을 분명히 느끼게 될 것이다. 한평생을 살아도 인생의 정답을 알 수는 없지만….

여보게! 자네는 지금
어디로 가고 있는가?

태어났을 때는 아무것도 모르고 기억마저도 흔적이 없었다. 그러던 어느 날부터인가 제팔 아뢰야식(阿賴耶識)에 조금씩 기억이 저장되기 시작했다. 마치 반딧불이 깜박이듯 반짝이는 밤하늘의 은하처럼 어린 시절의 많은 추억들은 그렇게 조금씩 쌓여갔다.

어린이를 넘어 청소년기를 지나 청년이 되었나 싶더니 그동안 삶을 배우고 익혀 학습하며 담금질해 오던 결과로 당당한 젊음의 한사람으로 사회인이 되고 내가 가야 할 삶의 길을 스스로 개척하는 어른의 반열에 서게 되었다.

여보게! 나는 이런 과정을 그쳐 어른이 되었네만, 자네는 어떠했는가? 그렇게 자식 낳고 키운다는 명분으로 아이들이 커가는 과정을 보면서 지금까지 내가 자라온 과정을 마치 스크린 영화를 보는 듯했다네, 자네도 그렇지 않은가? 그런데 말이야! 산다는 게 참으로 묘한 것이라는 생각이 들었다네!

먹고 싸고 일하고 때로는 힘든 과정에서 기쁜 일을 겪기도 했네만, 정작 내가 지금 어디로 가는지 목적지가 어디인지, 그런 생각을 해볼 겨를도 없이 살았는데 문득 뒤를 돌아보게 되었다네.

어느 날 돌아본 거울 속에 비친 내 모습에는 하얀 이슬과 깊게 팬 주름, 휘우듬한 어깨와 허리, 초점 잃은 눈동자에 뭐라고 설명을 해야 하나, 여보게! 자네는 어떤가? 내 말이 이해가 가는가? 하여, 다시 걸어온 길을 돌아보니 어린아이부터 젊은이, 아니지, 사람뿐만 아니라 자연까지 세상 모든 것들이 마치 술에 취한 듯 무엇에 홀린 듯 내가 그렇게 걸어온 것처럼 정신없이 오고 또 가고 있단 말일세, 이상하지 않은가? 도대체 이유가 뭘까?

나보다 먼저 앞서가시던 분들은 마치 물방울이 스러지듯 어느 날 갑자기 흔적이 묘연하니 보이질 않더군. 그런데 말이야, 자네나 나나 분명히 알아야 할 것은 자신에 대한 정체성, 나는 과연 누구이며 우리는 지금 어디로 가고 있느냐 하는 것이라네.

　　이제 나이 탓인지는 모르겠네만, 궁금한 것이 한둘이 아니라네. 하늘을 한번 보게나, 저 구름이 어디서 갑자기 나타나더니 어디를 저렇게 가고 있는지, 그렇게 가다가 흔적 없이 사라져 버리지 않는가. 어제같이 푸르던 잎새들이 하나둘 떨어지는가 싶더니 보이지 않는 바람에 날려 이리 날고 저리 치이며 흔적도 없이 사라져 가고 있지 않은가.

　　어제까지 윙윙거리며 생존을 위해 날 괴롭히던 모기도 요즘은 자취를 감추었고 아침이면 뒷산에서 울던 새들도 아예 오지를 않는다네. 그뿐인 줄 아는가. 그렇게 아름다움을 뽐내던 꽃들도 허허허! 자네와 내가 늙은 것처럼 흉하기는 마찬가지더니 흔적 없이 사라져 버렸어.

　　　　여보게! 자네는 지금 어디로 가고 있는가?

목숨 걸고 죽기 살기로 부귀영화를 꿈꾸며 몇백 년을 살 것처럼 아등바등 하지만, 자신이 어디로 가는 줄도 모르고 그냥 맹목적으로 가는 길이라니 이것을 어떻게 설명해야 할까. 여보게! 자네가 생각해도 그렇지 않은가? 그래도 요즘에 와서 나 자신을 돌아보게 되었으니, 그나마도 나는 다행이구나! 하는 생각이 든다네. 이제라도 내가 지금 어디로 가고 있나 의심하고 살피고 있으니까. 따지고 보면 칠십 평생을 살고 난 결과로 철이 늦게 들긴 했네만, 그래도 이게 얼마나 큰 수확인가, 안 그런가? 그러고 보면 지금 어디로 가고 있는가 하고 눈을 똑바로 뜨고 가고 있으니, 이것을 알려고 노력하며 살아온 삶이 그동안 내가 찾고 있던 행복을 맞추는 퍼즐이었고 지금, 이 순간이 무척 행복하다네.

이생에서 입고 있던 소소영영(昭昭靈靈)한 이 마음의 낡은 육신의 옷을 죽음이란 이름으로 가감하게 벗어던지고 보다 더 업그레이드(upgrade)된 육신의 옷을 입기 위한 자격요건을 갖추기 위해 착하게 살아라, 열심히 살아라, 깨달아서 지혜를 얻어라 등, 옛 성인들께서 입이 마르도록 당부하신 말씀들이 오늘따라 구구절절 뼈에 사무친다네.

여보게! 자네는 지금 어디로 가고 있는가?

이제 앞이 보이는가? 목적지 말일세.

무시 이래로 지금까지 돌고 도는 윤회 바퀴 속에서 이제 어디로 무엇하러 가는지 확실히 알았다면 모르긴 해도 자네는 멀지 않아 성불하지 않을까 싶네만, 아직도 모르겠는가? 참으로 답답 하이… ●

절대적인 선악(善惡)은 없다

절대적인 선악(善惡)은 없다

선과 악은 밤낮 같고 흑백과 같다

달고 쓴맛과 같고 수레바퀴와 바큇살 같아

허공과 더불어 한 몸이다

선이 일어나면 악의 그림자는 누워 따르고

냉혹한 악이 고개를 들면 선의 온유함이

양심이란 이름으로 다가온다

선과 악은 둘이면서 하나며 하나이며 둘이라

끊으려야 끊을 수가 없다

그러므로 선과 악을 모두 버린 자

해와 달을 삼켜 밤낮을 초월한 자

그를 일러 불(佛)이라 한다.

여보게! 자네는 지금 어디로 가고 있는가?

2

사회생활

밥은 먹고
살아야지

크고 작은 용과 뱀이 뒤엉켜
내 것 네 것을 쟁취하려 진흙 수렁에 빠져든다.
버리고 내려놓을 수 없는 끝없는 논쟁
해와 달은 지쳐 은하의 꿈을 안고 잠든다.

봄의 길목에서
생각한다

잔설이 쌓인 계곡 가파른 길 따라 흐르는 개울, 돌 틈 사이 잠든 낙엽을 다독이며 흐르는 물소리는 마치 아기의 선잠 옹알이를 닮은 듯, 살가운 속삭임으로 귓불을 간지럽힌다. 냉한의 긴 겨울 동안 단단하게 굳어버린 상흔의 흔적들은 어느덧 타향을 헤매는 나그네의 발자국처럼 살랑대는 봄바람에 촉촉이 젖은 사연을 담아 그림자로 숨는다.

누가 관여하지 않아도 사계의 흐름에 한 치의 오차도 없이 돌고 도는 자연, 산천초목과 더불어 기는 벌레 하늘을 나는 새와 생명 있는 모든 것들의 기지개 켜는 소리가 꿈속의 하모니처럼 아름답고 싱그러운 내일의 희망을 노래한다. 눈만 뜨면 저 먼 하늘 경이로운 빛 가득한 여명으로 하루의 시

여보게! 자네는 지금 어디로 가고 있는가?

작을 알리는 환희로움에 사람마다 잠에서 깨어 마음의 문을 열고 시곗바늘처럼 돌고 도는 삶 속에서 한평생의 흔적을 남기려고 동분서주하며 최선의 노력을 다한다.

혼자 있으면 외롭고 둘이 있으면 번거로운 것이 인생이라 했다. 삶이라는 이름으로 오고 감에 자유로운 몸이 바라보는 봄 풍경은 예나 지금이나 마치 어머니의 따뜻한 품처럼 영혼마저 취한 행복에 젖어 무한 전율을 느끼게 한다.

어디 사람뿐인가. 따사로운 양지 비탈, 풀 넝쿨 사이 북데기 속에 잠들었던 여린 봄바람에 숨어 수줍은 듯 살포시 고개를 내미는 쑥과 나뭇가지마다 실눈 뜨는 어린 아기 잎새, 누가 먼저라고 할 것 없이 서로 손 내밀어 반기는 모습은 바라볼수록 아름답다.

무슨 일이든 처음에는 기대에 부풀어 미래를 바라보는 신기루 같은 꿈과 희망에 들뜨게 된다. 봄을 맞는 자연도 마찬가지다. 사람들이 세밀하게 느낄 수 없는 자연의 흐름은 참으로 적정 삼매에 들었다 할 만큼 조용하다.

소리 없이 곳곳에 피어나는 꽃과 열매 산과 들의 푸른 변신, 한가롭게 망중한을 즐기는 새를 비롯한 아주 작은 벌과 나비에 이르기까지…. 이른 봄부터 잠시도 쉬지 않고 성장하지만, 욕심으로 인한 다툼이 없고 분주하지도 않다. 시기, 욕기, 음해, 질투에 찌든 사람과는 사뭇 다른 모습이다.

실개울 지나 혼자 걷는 길, 발길에 차여 몸서리치는 작은 돌 하나를 바라만 봐도 그냥 의미 없는 웃음꽃이 피어나는 봄 향기에 취하여 먼 산을 바라본다. 그리고 봄의 길목에서 생각한다. 그 순간, 자연의 가르침에도 전혀 알지 못하는 우리들의 잘못된 삶의 모습을 본다. 끝없이 이어지는 집착과 탐욕으로 인하여 다람쥐 쳇바퀴 돌 듯, 괴로움의 굴레에서 벗어나지 못하고 있는 혼탁함 속에서도 깨닫지 못하는 어리석음을.

잠시 내려놓으면 한 걸음만 멈추면 몸도 마음도 편한 것을 누구나 생존의 끈이 다할 때까지 무너질 수밖에 없는 모래성 하나를 지키기 위해 담을 쌓고 몸부림치며 함께 살지만, 인적이 드문 양지바른 외진 길가에서 시린 봄바람 타고 반기는 이름 모를 한 송이 풀꽃의 환한 미소와 향기가 너무나 행복한 아침이다. ✿

여보게! 자네는 지금 어디로 가고 있는가?

새야 새야
파랑새야

　우리나라뿐만이 아니라 세계 어느 나라의 뉴스를 접해도 건설적이고 희망적인 뉴스보다 비판적이고 폭력적인 뉴스가 많다. 우리나라 옛 속담에 '미꾸라지 소금 친 것 같다'라는 말이 가장 잘 어울리는 것 같다.

　칼바람 부는 겨울에도 삼복더위에도 비가 와도 눈이 와도 많은 이들이 자신들의 원하는 바를 관철하기 위해 하루도 쉬지 않고 끊임없이 목소리를 낼 수 있음에 체력과 정신력 모두 대단함을 느낀다.

　사람뿐만 아니라 자연까지도 몸살을 앓고 있다. 전쟁, 핵실험, 쓰나미, 화산 폭발, 지진, 가뭄, 홍수에 전염병 등

열거하자면 끝이 없다. 자연재해는 인간의 과학 문명이 발달할수록 더 많이 발생할 수밖에 없다는 것을 알고 있으면서 끝없이 원인을 제공하고 있는 것은 사람이다. 그러므로 해서 정신적 육체적인 행복보다 고통이 가중되고 있는 것이 현실이다. 그러나 멈추지 않고 앞만 보고 달려가는 사람들의 어리석음은 말할 가치조차 없을 만큼 무지한 것이다.

지구라는 하나의 작은 땅덩어리에서 우리가 누려야 할 것은 한계가 있다는 것을 알아야 한다. 모든 생명이 살기 위해 마시고 내뿜는 공기만 해도 그렇다. 비록 보이지는 않지만, 호흡기를 통하여 서로의 육체적 기관을 함께 공유함으로 어디를 가던 전염으로 인한 질병에서 벗어날 수 없다. 이것이 예방의 으뜸은 공기를 청결하게 해야 하는 이유다.

우리가 마시는 물도 그렇다. 인구 밀도가 느슨하고 과학 문명이 발달하지 않았던 시절에는 산골짜기에서 흐르는 물을 그냥 마셔도 아무런 문제가 없었다. 시골을 지나다 보면 마을 공동 샘물이나 산비탈 어귀에 있는 조그만 옹달샘도 마음 놓고 마셨던 시절이 엊그제 같은 기억으로 남아있다. 그만큼 맑고 깨끗한 일급수였다.

그러나 이제는 산골짜기에 흐르는 물이나 우물뿐만이 아니라 지하수도 마음 놓고 먹을 수 없게 되었다. 이러한 작금의 현실적 원인은 어디에 있는지, 우리 모두 한 번쯤 깊이 생각하고 고민해야 한다. 과학 문명의 발전과 더불어 의학계도 무한한 발전을 이루었지만, 그 또한 기계에 의존한 로봇의 하수인이 된 듯 심의(心醫)에 의한 치료가 아닌 의통(醫通)을 상실한 의료현실은 안타깝게 느낄 수밖에 없다.

이를테면 의사(醫師)가 아니라 의기능사(醫技能士)로 보이는 안타까운 마음이다. 오죽하면 검사와 수술, 기타 질병치료의 목적에 의한 약봉지가 사람마다 서랍 속을 가득 채우고 있지 않나 싶다. 한편에서는, 자연의 흐름을 역행하는 공해를 만들어 병을 유발하면서 또 한쪽에서는 병을 치료한다는 명분으로 로봇 기계를 동반한 의료행위를 해야만 하는 웃지 못할 현실에 직면해 있다.

자연이 주는 맑고 깨끗한 물 한 모금 공기마저도 마음 놓고 먹지 못하고, 마스크를 쓰고 두려운 마음으로 가족들마저 서로를 경계하며 살아야 하는 이 시대의 진정한 삶의 행복은 어떤 모습이라고 해야 옳을까. 🌑

어머니는
열 자식을 품는데

　이름 모를 산새들 울음소리가 단잠을 깨우고 하늘의 흰 구름 한가로운 이른 새벽이다. 날마다 다람쥐 쳇바퀴 돌듯 반복되는 일상. 사람들은 세상이 변했다고 말한다. 그러나 생각해 보면 세상이 변한 것이 아니라 사람이 변한 것이다.

　한때는 하늘과 자연의 순리를 따르는 삶이 어리석은 듯했지만, 너무나 맑고 깨끗한 마음이 순수했던 시절이 있었다. 그때는 가난으로 인하여 물질적 생활 형편은 항상 부족했지만, 이웃 간의 인정만은 넉넉했었다.

　그러나 물질문명이 발전할수록 사람의 인성은 개인주의,

이기주의로 변하게 되었다. 물질문명의 변화에 따라 사회가 각박하고 개인주의가 된 것은 그나마도 조금은 이해할 수 있다. 하지만, 자식들이 모르는 것이 있다.

바람이 불거나 추위에 떨면 바람막이가 되고 굶주림에 허덕일 때 당신은 굶어도 자식의 배는 채워주시며 애지중지 우리를 키워주신 분이 부모님이다. 우리가 태어나서 긴 세월 어른이 되기까지 크고 작은 아픔과 힘든 일이 있을 때마다 부모님에게 의지하지 않은 자 얼마나 될까.

이제 모든 것을 해결하고 부모님의 도움 없이 스스로 살아갈 수 있어서인지는 알 수 없지만, 연로하신 부모님을 외면하거나 적대시하는 것은 아무리 생각해도 이해할 수가 없다.

예전부터 전해오는 말이 있다. 아버지의 건장한 힘은 능히 열 자식을 안고 뛰며 울타리가 되고, 어머니의 여리고 작은 가슴에는 열 자식을 품어 안는다고 했다.

아무리 힘들어도 바람막이가 되어 커가는 자식들을 바라

보며 힘든 것도 잊고 그것을 행복이라 여기며 한평생을 바쳤다. 그러나 건장하고 넓은 열 자식 가슴에는 한 부모 기댈 자리가 없다.

이 말씀은 조자손(祖子孫) 삼대가 한 집에 살면서 기쁘고 슬픈 일도 힘들고 괴로운 일도 모두가 하늘이 주신 행복이라 생각하며 화목은 물론 효심이 가득했던 그 시절에 선조들께서 하신 말씀이다.

찢어지게도 가난했던 이 나라에 태어나서 입을 것 먹을 것 모두가 부족할 때, 6.25 사변이 일어나서 폐허가 된 고향을 떠나 모진 피난살이에 하루하루 끼니조차도 해결할 길이 막막했던 시절이 있었다.

산과 들을 헤매며 먹을 수 있는 풀이면 무엇이든 뜯어먹고 허기를 달랬다. 감자, 고구마, 시래기죽 한 그릇에 모진 목숨을 지탱하면서도 자식의 안일만을 걱정했다.

그렇게 힘들고 험난했던 가시밭길을 동분서주하며 눈물로 밤을 새우던 보릿고개의 삶에서도 당신들이 살아오신 힘들고 고달픈 삶만은 절대로 물려주지 않겠다는 일념으로 허리띠 졸라매며 자식들을 훌륭하게 키우신 부모님이다.

이제 나이를 먹고 세월 약에 취하여 몸은 병들고 정신마저 혼미하지만, 자손들의 무관심으로 인해 나라 정책에 의한 보살핌을 받고 계시는 분들이 많다. 그러나 나라의 보살핌이 아무리 지극하다 할지라도 자식을 향한 그리움은 그 누구도 대신할 수 없다.

그렇게 소리 없는 눈물을 삼키다 생을 마감하는 그날까지 얼마나 많은 세월을 그리움에 홀로 울어야 했을지 알아야 한다. 너나 할 것 없이 무엇이 그리도 바쁘고 할 일이 많아서 무심한 마음으로 핑계를 거듭하며 걸어온 우리들의 지난날을 뒤돌아보아도 한번 가신 부모님은 다시는 뵐 수 없다.

그러나 부모님께서 그리움에 지쳐 쓸쓸히 홀로 가신 그 길이 바로 우리가 가야 할 길이다. 이렇듯, 그 길은 그 누구도 피해 갈 수 없는 삶의 종착역이 될 것이 자명하지만 지금, 이 순간에도 잠시 스쳐 가는 젊음에 취해 부모님에게 감사함을 스스로 깨닫지 못하고 있는 것이 너무나 안타깝다. 🌱

조국을 위해 목숨 바친
호국영령들께

대한의 영원한 꽃

작사, 작곡, 편곡, 노래: 능인스님

1. 하늘이 울고 땅이 울던 꿈같은 그날

　한 송이의 무궁화는 곱게 피었네

　폭탄의 불바다도 오직 굳건히

　미소 띤 그 얼굴 변하지 않고

　더욱더 찬란하게 피어만 나서

　삼천리금수강산 꽃이 되었네

　아 아아 무궁화 무궁화

　아름답고 자랑스런 대한의 영원한 꽃

여보게! 자네는 지금 어디로 가고 있는가?

2. 하늘이 울고 땅이 울던 악몽의 그날
   나라 위해 목숨 바친 충령들이여
   부모 형제 따뜻한 품 뒤에다 두고
   미소 띤 그 얼굴로 나라를 지키니
   대한에 목숨 바친 충령들이여
   내 고향 내 마을에 꽃이 되었네
   아 아아 무궁화 무궁화
   아름답고 자랑스런 대한의 영원한 꽃

어느덧 반세기를 훌쩍 지난 6.25사변 때 나라를 위하여 목숨을 바친 국군장병들의 숭고한 희생을 생각하며 만든 현충일 노래의 가사다.

오직 조국을 지키기 위해 6.25사변 때 폭탄의 불바다 속에 장렬히 산화한 전몰장병들께서 고이 잠든 현충원에는 초여름의 파란 하늘에 흰 구름은 아무런 일도 없었다는 듯 유유히 흐른다. 꽃도 피고 새도 운다. 참으로 평화로운 풍경이다.

현충원은 참담했던 전란에서 장병들이 지켜낸 소중한 평화와 자유의 상징이다. 현충일인 오늘 다시 한번 전쟁의 참사와 숭고한 영령들의 죽음을 뼛속 깊이 새겨야 한다.

나라를 잃게 되면 우리의 뿌리도 사라진다. 그러나 반세기를 지나는 동안 세대가 바뀌면서 젊은이들에게는 알게 모르게 전몰장병들의 고귀한 희생이 점점 잊혀가고 있는 듯하여 안타깝다.

어른들뿐만 아니라 청소년들까지 자유와 번영의 발전과 지켜서 보존함이 아닌 누림에 현혹되어 마치 6.25 전쟁이 다른 나라의 참화로 기억되는 듯하여, 심히 염려스럽다. 잠시 복탁을 내려놓고 기타 반주로 자작곡 '대한의 영원한 꽃' 노래를 부르며 호국영령들에게 감사드린다. 임들이 있어 오늘의 대한민국이 있음을 감사한 마음으로….

여름밤의 추억

얼렁이 담장 옆 감나무 밑에

밀대 멍석 깔고

쑥부쟁이 모깃불 피워

꿀잠을 청할 때

울 어머니

부채 바람 살랑살랑

자장가를 부르면

목화솜 무릎 베고

하나둘

밤하늘 별을 딴다

어머니의 눈 깜박임도 함께.

끝없는
욕심과 집착

뽕잎을 먹으면서 한철을 밤낮없이 쉬지 않고 성장의 잠을 4회 거듭하여 집을 짓는 누에는 팔일에서 열흘을 살고 버린다는 것을 알지만, 자신의 몸을 던져 창자에서 실을 뽑아 최선을 다하여 집을 짓는다.

이른 봄이 되면 강남에서 사월 하순쯤 날아온 제비는 사람들이 살고 있는 처마 끝 난간에 지푸라기 검불 나뭇가지 깃털과 진흙을 모아 침으로 짓이겨 집을 지어 새끼를 부화하고 나면 한 달 남짓을 머물다 떠난다.

비바람과 눈비를 막아줄 수 없고 일 년을 살면 버려야 한다는 것을 알지만, 까치는 높은 나뭇가지를 오르내리며 입이 헐고

꼬리와 날개가 빠지고 지치도록 집을 짓는다. 모두 버리고 가야 한다는 것, 작은 새들도 알고 미물 곤충도 알고 있는 사실이다.

물론 태어남과 삶의 방식이 다름도 있겠지만, 마지막 세상을 떠날 때는 모두 놓고 가야 한다는 것을 알면서도 무한한 욕심으로 때가 되어도 집착의 끈을 놓지 못하는 사람과 비교되는 부분이다.

이처럼, 세상 그 누구도 자연이나 다른 생명체를 완전히 소유하거나 불변의 존재로 보존할 수는 없다. 오히려 살아 숨 쉬며 사는 동안 자신이 알고 있던 모르고 있던 자연과 또 다른 생명체로부터 도움을 주고받으며 서로 공존하며 살고 있다.

그 과정에서 우리가 알고 소중하게 간직해야 할 것은 아름다운 마음이다. 그리고 식물과 동물을 비롯한 모든 자연까지 아우를 수 있는 마음을 그대로 실천하는 것이다. 요즘 현실적인 모습에서 느끼는 것은 남이야 어떻게 되던 나만 잘살면 된다는 식의 삶을 산다 해도 틀린 말이 아니다. 이러한 삶은 서로의 불신으로 인한 분열의 골만 깊어지고, 나아가서는 서로의 파멸을 일으킬 수밖에 없다. ✿

실천함으로 인하여
짓는 복

　길을 가다 보면 사람들이 먹고 버린 오물들이 여기저기 흩어져 있는 것을 본다. 먹고 버린 캔류와 아메리카 노 커피 잔 등, 담 위나 간판 위 누군가 장소에 상관없이 그냥 편한 위주로 버린 것임이 분명하다.

　어느 해 가을바람이 세차게 부는 날 환경미화원께서 도로에 쌓인 낙엽을 쓸고 있었다. 젊은 남녀가 담배를 피우며 무엇인가를 마시고 난 뒤 캔을 낙엽 위로 던졌다.

　"이봐요 젊은이 이걸 여기다 버리면 어떡하나?"
　"아저씨, 아저씨는 지금 청소하시는 분 아니세요?"

　　　　　여보게! 자네는 지금 어디로 가고 있는가?

"그냥 치우세요."

"아니! 뭐라고?"

"아저씨, 이런 거 하니까 월급 받는 거예요. 그거 모르세요?"

"저희에게 고맙게 생각하세요." 하며 팔짱을 끼고 간다.

웃어야 할지 울어야 할지 참으로 안타까운 목도(目睹)였다.

충효가 말살되고 인의예지가 퇴색된 지금 젊은이들 입장에서는 틀린 말은 아니라고 볼 수 있다. 그러나 입장을 바꾸어서 자신들의 부모님을 생각하면 그렇게 버리고 말하면 안되는 것이다. 그런데 그것을 냉정하리만큼 당당하게 사무적으로 말하고 있다.

물론 환경미화원도 예전에는 공무원이었는데 요즘은 비공무원으로 이원화된 예도 있는 것으로 알고 있다. 공무원은 직장이면서도 국민을 위한 사명감이 있어야 한다.

청소하면서도 사명감을 가지고 한다면 그러한 불만이 없을 것이다. 아무리 그래도 그렇게 마구잡이로 버리는 것은 지나침이 확실하다.

만약 그렇게 버리는 오물이 자신의 손익에 직접 관계있는 복이라면 어떨까 생각해 본다. 그것이 복일 수도 있다. 그러나 자신에게 소리나 형상 없이 오는 복은 절대로 아름답고 좋은 모습으로만 오지 않는다.

젊은이는 복을 버렸고 환경미화원은 복을 주운 것이라는 것을 젊은이가 알게 된다면, 아마 모르긴 해도 그것이 쓰레기라 할지라도 돌아와서 내 물건 달라고 할 것이다.

이처럼, 손익 계산 없이 실천하는 사사로운 작은 일이나 말 한마디가 큰 복이 될 수 있음을 알아야 한다. 오물 하나를 집더라도 금덩어리를 집는다고 생각하면 복이 오게 되어 있다. 일체유심조(一切唯心造)란 바로 마음의 작용이 결과로 귀결됨을 말한 것이다. 🌑

여보게! 자네는 지금 어디로 가고 있는가?

말로 시집 장가가면
자손이 없다고 했다

남의 집 마당에서 칼바람이 춤추고 있다. 어차피 자연은 순환하는 것인데 무슨 미련이 남아서 떠나기가 싫은가 보다…. 겨울이지만, 양지바른 곳에는 개나리가 피었다. 수박, 참외, 딸기 등, 때 지난 과일들이 시장 곳곳에 풍요로움을 넘어 차고 넘친다.

그뿐인가! 모든 것들이 일반적인 생각이 아닌 상상을 초월한 현실에 이건 도무지 삼차원의 세계를 사는 듯하다. 예전에는 짚신과 고무신에 광목 바지저고리를 입고 손발은 터서 피가 흐르고 머리에는 부스럼이 끊이지를 않았다.

따뜻한 봄이면 너도나도 양지바른 곳에 앉아 이를 잡고 꿀꿀이죽도 먹지 못해서 굶기를 밥 먹듯 했다. 아침이면 어린아이들이 남의 집 대문 앞에서 빈 깡통을 들고 밥을 얻기 위해 동냥을 했었다. 생각하고 싶진 않지만, 그때의 삶에 비하면 지금은 천상 세계를 누림이 확실하다. 그러나 현대인들은 넘칠 만큼 풍요에 중독되어 아주 조금 부족함에도 불평불만의 소리가 하늘을 찌른다.

이렇게 잘살게 된 것이 누구의 피와 땀을 흘린 결과인지 그런 것은 안중에도 없다. 자신이 서 있는 현실의 모든 것이 태어나는 순간부터 아무런 노력이 없어도 당연히 누리게 되는 줄 착각하고 있다.

이제 젊은이들은 알아야 한다. 부모님들께서 우리에게 무엇을 물려주시기 위해 사력을 다하셨는지. 그리고 잊지 말아야 한다. 지금 누리고 있는, 몇십 년 만에 이루어진 극과 극의 삶은 세계 어느 나라에서도 찾아볼 수 없다는 것을….

밖이 무척 시끄럽다. 선거유세가 한창이다. 하나같이 자신만이 이 나라를 책임질 수 있는 유일한 대통령이 될 수

여보게! 자네는 지금 어디로 가고 있는가?

있다고 한다. 옛 말씀에 말로 시집 장가를 가면 자손이 없다고 했다. 책임질 수 없는 세 치 혀 발림의 달콤한 말은 누구나 할 수 있다.

중요한 것은 그들의 인성이다. 그리고 국가관이고 안보의식이다. 거짓이 아닌 자신이 책임지고 실천할 수 있는 확실한 정책적 비전을 제시해야 한다. 조국(祖國)은 더욱더 소중하게 지켜야 할 절대적인 보고(寶庫)임이 틀림없다는 것도 알아야 한다.

잠시 머물다가 떠나는 자신보다 세세손손 자손들이 행복한 삶을 누려야 할 더 소중함이 있기 때문이다. 말로는 내 조국이라 쉽게 말하지만, 지혜와 심덕(心德)을 상실한 물질만능에 취한 인성(人性)으로는 자신도 가족도 민족도 나라도 잃을 수밖에 없음을 알아야 한다.

이전투구의 현장에서 자신과 한평생을 함께해야 할 생의 동반자를 보듬기는커녕 빠져나올 수 없는 늪 속에 밀어 넣고, 나뭇가지에 걸린 치맛자락 해지듯 갈기갈기 찢겨 만신창이가 됨을 바라보면서도 미안함이나 안타까운 마음은 없다. 아니 수치심도 없는 것 같다.

오직 명예와 권력을 쟁취하기 위해 칼집 속에 숨긴 칼날의 가식적 웃음만 보일 뿐이다. 오히려 성숙해진 문화와 달리 퇴보한 선거 유세 모습으로 후진국임을 자처하니 꽃샘추위만큼 가슴 시린 아픔이 귓불을 스친다. 🌑

· 시의 향기

참으로 선한 사람

악을 즐겨하는 자여

선을 향해 노력하되 비관하거나 괴로워하지 말고

선을 즐겨하는 자여

선을 즐기며 기뻐하되 자만하거나 뽐내지 말라

진정한 선악이란

선과 악이 아닐 때 선악이라 이름하는 것이니

성자는

악한 자를 미워하지 않으며

선한 자 또한 칭찬하지 않는다

악한 자는 행을 바꿔 선한 자가 될 수 있기에

그를 미워하지 않으며

선한 자는 선행함을 자랑하여

스스로 교만해질 수 있으므로 그를 칭찬하지 않나니

진정한 선악이란

선과 악을 모두 버려 흔적 없을 때

성자는 그를 두고

참으로 선한 자라 크게 칭찬할 것이다.

우리 모두 한마음으로
하나가 되자

　자연의 순리에 밀려 자취를 감춘 칼바람처럼 유례없이 혼탁했던 한 나라의 대통령 선거 유세가 시작되어 결과까지 한 달 정도. 대한민국 제20대 대통령이 선출됨으로 해서 도로마다 떠들썩했던 확성기 소리는 사라졌다.

　이제는 소리 없이 가슴을 파고드는 산들바람처럼 새로운 대통령 당선인의 하루 근황과 공약 이행에 국민들의 바람 소리가 방송과 SNS를 통해 빠르게 전달되고 있음을 본다.

　무슨 일이든 처음 시작할 때는 꿈과 희망적인 가운데 활기찬 하루가 시작된다. 시간이 흐를수록 기대와는 달리 실망

여보게! 자네는 지금 어디로 가고 있는가?

과 좌절을 느꼈던 적이 한두 번이 아닌 것도 사실이다. 지금도 기대 반 의구심 반으로 중심선에 서서 신뢰의 문을 향해 한 걸음도 발걸음을 옮겨놓지 못하고 초조한 마음으로 귀를 기울이며 바라보고 있다.

그동안 여러 가지 어려움으로 인해 힘든 삶의 무거운 짐을 견디지 못해 유명을 달리하신 국민이 있는 것으로 알고 있다. 특히 코로나로 인하여 겪어야 했던 지난 삼 년의 시간은 개인적인 불안뿐만이 아니라, 가족까지 분열되고 서로를 경계하는 일상이 되어 가계에 들어가도 손님을 반갑게 맞이하는 것이 아니라 뒷걸음치며 맞는 일이 허다했다.

그것은 우리나라의 인정 문화에서는 있을 수 없는 일이지만, 누구도 부정할 수 없는 현실이라는 것이 더욱 안타깝다. 이제 나라에서 가장 중요한 대통령 선거도 끝났다.

해마다 춘삼월 봄이 되면 자연도 기지개를 켜고 모든 생명도 활기를 찾게 된다. 그동안 많은 고통 속에 시달려온 우리에게도 따사로운 봄기운과 함께 힘찬 내일을 향한 번영의 꽃이 활짝 피었으면 한다.

그러기 위해서 우리는 몸과 마음이 하나가 되어야 한다. 어렵겠지만, 꼭 그렇게 되어야 한다. 그렇지 않으면 아무리 훌륭한 지도자가 나와도 우리의 미래뿐만이 아니라 나라의 미래도 암울할 수밖에 없다.

이제 너와 나라는 이분법적인 잣대로 서로 벽을 쌓기보다는 불신의 벽을 무너뜨려야 할 때다. 그것만이 우리가 모두 통합의 길로 갈 수 있는 유일한 길이기 때문이다. 문제는 쉬운 것 같지만, 쉽지 않기 때문에 훌륭한 지도자가 필요한 것이다.

사람들은 봄 동산을 곱게 물들인 형형색색의 꽃을 바라보며, 그 향기와 아름다움에 취하여 순간적인 행복은 느끼지만, 그 꽃을 피우기까지 얼마나 많은 시련과 혹독한 추위의 힘든 과정을 인내했는지는 생각하지 않는다.

흔히 하는 말로 비 온 뒤에 땅이 더욱 굳는다는 말처럼 수많은 시련과 고통 속에서 피어나는 꽃일수록 더욱 향기롭고 아름답다는 것을 알 것이다. 이제 우리도 또 한 번 미래를 향한 나래를 활짝 펼 수 있는 길을 개척하자. 무엇보다 우리가 흘린 땀으로 백자천손 만대유전을 위한 꿈과 희망의 끈을 더욱더 견고하게 하자. ●

여보게! 자네는 지금 어디로 가고 있는가?

나이는 숫자에
불과한 것이다

밤새 내리는 빗소리에 선잠을 깨고 보니 제법 쌀쌀한 듯
한 밤이 무척 길게 느껴진다. 주르륵주르륵 창밖에는 봄비
소리 들리고 실바람이 창문을 두드린다.

고요한 밤, 요란한 듯 정겨운 자연의 하모니는 자장가 되
어 두 눈은 천근의 무게로 짓누른다. 천둥 번개가 치고 거센
비바람이 불 때면 내일의 태양은 다시 뜰 것 같지 않은 날들
이 많지만, 아침에 눈을 떠보면 언제 그랬느냐는 듯, 햇살이
눈부실 때도 많다.

산문 밖에는 오고 가는 사람들의 주고받는 대화가 여린
봄바람 타고 귓불을 파고든다. 이제 만물이 소생하는 춘삼월

이 지나고 사월 초순이다. 나도 모르게 발길은 북한산 진달래봉우리를 향해 오르고 있다.

지나는 길 집마다 담을 허문 마당, 혹은 담장 넘어 정원에는 새싹들이 솟아오르기도 하고 양지바른 창가에는 꽃들이 만개한 곳도 있다. 집에서 크는 나무와 산에 있는 나무는 산과 마을의 경계를 나뉘듯 새싹의 크기도 다르다.

그만큼 자연도 지역 따라 온도 차가 있음을 여실히 보여주는 것이 아닌가 싶다. 한 걸음 두 걸음 오를 때마다 예전과는 다르다. 옛 스님들 말씀에 '산은 산이요, 물은 물이로다.'라는 말씀이 있다. 작년에 보았던 산과 올해 보는 산은 똑같은 산이되 분명 다르게 보이고, 느끼는 감성마저 다른 것은 사람마다 세월 따라 변해가는 자성적 감성 변화로 인한 것으로 생각한다.

예전 같지 않아 가쁜 숨에 등에는 땀이 흐르고 산을 오를수록 후들거리는 다리 때문에 자주 쉴 자리를 찾는다. 세상에 무서운 것이 없었던 젊은 시절에는 시간을 아끼며 힘으로 오른 산행이라면, 지금은 시간을 넉넉하게 자연을 만끽하며

여보게! 자네는 지금 어디로 가고 있는가?

무엇인가를 느끼면서 여유로움으로 오른다는 차이점이 있는 것 같다.

　자연 속 진달래, 산수유는 벌써 만개하여 봄바람에 나부 끼며 머지않아 떠날 준비를 하듯 이별을 노래하고 있다. 깊 은 잠에서 깨어나 미래의 삶을 향해 기지개를 켜는 이름 모 를 새싹들을 본다. 생과 사, 만남과 이별 영원함 속, 마치 얽 히고설킨 톱니바퀴처럼 돌아가는 산 정상에 서서, 그림자 속 에 숨은 나 아닌 또 다른 나를 찾으며 맑은 공기를 크게 한번 들이마신다.

　만 가지 생명이 공존하는 자연을 한 아름 가슴에 품고 내 려오는 길, 깃털처럼 가벼운 발걸음이 몸과 마음에 무한한 삶의 활력소를 더하여 또 다른 내일의 희망을 안겨준다.

　옛 말씀에 인생 칠십 고래희(人生七十 古來稀)라 했지만, 요즘은 어떠한 마음가짐으로 생각을 어떻게 하느냐에 따라 서 몸과 마음 모두 이삼십 대의 청춘을 만끽할 수 있음도 잊지 않았으면 한다. 육십 대 이후가 되면 많은 분들이 스스 로 자신을 포기하는 경우가 많다.

그러나 살아온 세월 동안 삶의 경험에서 쌓고 얻은 비결은 오히려 젊은이들보다 더 소중한 자산임을 알아야 한다. 나이는 숫자에 불과하다는 말이 있다. 옳은 말이다. 반대로 "이 나이에 무엇을 해." 하고 말하는 것은 인생을 크게 실패한 사람으로서 남은 생을 포기하는 사람들의 일상적인 말임을 명심해야 한다. 🌐

누가 나를

모든 환경이 나를 어렵게 하여도

그것을 극복하려고 노력해야 한다

스치는 인연들의 힐난과 칭찬에도

흔들리지 말아야 한다

누가 나를 외롭다 할 것인가

누가 나를 괴롭다 할 것인가

세상사 모든 일이 꿈 같이 흐르는데

바람에 나부끼는 잎 새처럼

아무런 부담도 발버둥도 치지 말고

유유히 자연스레 그리고 태연하게

모든 것을 내 것으로 받아들여야 한다

그러면 언젠가

모든 일이

나로 인해 시작됨을 스스로 알 것이다.

불신의 벽을
부숴 버리자

세상은 정신적 물질적 모든 경계 속에서 삶을 영위하고 있다. 물질적으로 볼 수 있는 경계는 사람들이 주거하는 가정의 담과 도로의 경계를 시작으로 작은 건물 안에서도 또 다른 공간을 만들기 위해 담을 쌓는다. 이것을 내벽 또는 외벽이라고 말한다.

이러한 벽들은 삶의 편리를 위해서 꼭 필요한 것이기 때문에 특별한 이유가 없으면 무너뜨릴 필요가 없지만, 벽으로 인해 공간이 막혀 있음은 분명하다. 그뿐만 아니라, 보이지 않는 경계도 있다. 하늘을 왕래하는 비행기의 노선 같은 것이 바로 그것이다.

또한 산과 들을 가르고 도랑과 강을 나누는 둑과 경계 등 넘어서는 안 될 벽을 말하자면 수없이 많은 경계가 있는 것이 분명하다. 그것은 마치 어머니의 손끝에서 한 올 두 올 촘촘하게 수놓은 베처럼 정교함이 인위적인 사람의 힘이 아닌 자연의 순리에 따라 이루어져 있다는 것이 신비로울 뿐이다.

이러한 경계를 따라 한 치의 어긋남 없이 해와 달은 뜨고 진다. 밤하늘에 촘촘히 수놓은 별도 그렇다. 하늘을 나는 작은 새들의 날갯짓도 순리를 역행하지 않는다. 산과 들의 초목을 비롯해 땅에서 기는 작은 미물 곤충과 동물에 이르기까지 모두 경계를 넘나들며 삶을 공유하고 있다. 사람도 마찬가지다.

그렇지만, 이러한 자연의 경계에 대한 개념과 현실에는 별로 문제 될 것이 없다, 다만 물질에 의한 사람의 정신적 경계와 벽이 문제다. 한 세기를 지나서 21세기가 된 지금도 불신의 벽은 점점 더 견고하게 쌓여만 가고 있다.

모든 만물이 경계를 따라 존재하듯, 자연의 순리에 따른다면 아무런 문제가 없을 것이다. 그렇지만, 자연을 본받기는커녕 법이라는 제도를 만들어 놓고도 경계로 인한 불신의 충돌이 잦음에 당황하지 않을 수가 없다. 서로가 힘들고 아픈 현실이지만, 날이 갈수록 불신은 잘못이라는 의식마저 고갈되었다.

이제는 당연한 듯, 일상화되어 가는 모습에 안타까움을 더한다. 특히 요즘은 남이 아닌 가족 간 불신의 벽으로 인한 다툼이 상상을 초월한다. 부모 형제 아니 조자손(祖子孫) 삼대가 모두 불신의 벽에 갇혀 있다고 해도 과언이 아니다.

물질로 인하여 정신적으로 더욱더 부패(腐敗)해진 우리. 이제 이 넓은 세상 어떻게 하면 불평불만에 의한 불신으로 다툼 없는 행복한 삶을 영위할 수 있는지 곰곰이 한번 생각해 볼 때다. 길은 어디로든 통한다는 말이 있다. 노력하면 안 될 일은 없다.

그러기 위해서 가장 먼저 할 일은 정신적 물질적 불신의 벽을 부숴버려야 한다. 그래야만 사람이 사람답게 살 수 있는 행복한 삶의 길을 개척할 수 있다. 그러기 위해서는 한 발 물러설 줄 알아야 하며 서로를 믿고 이해할 수 있어야 한다.

물론 가족은 말할 것도 없다. 🌳

이제는 잠시
멈추어야 할 때

세상이 혼란하고 시끄러운 만큼 자연도 몸살을 앓고 있다. 국지적인 홍수와 가뭄에 전염병까지 자연재해로 인하여 하루도 쉬지 않고 가늠할 수 없는 혼란한 일들이 세계 곳곳에서 일어나고 있다. 그런 가운데 물질과 명예 등으로 인한 사람의 탐욕심으로 정신과 생활 흐름까지도 한 치의 앞을 예측할 수 없을 만큼 복잡하다.

어떤 나라는 경제적 빈곤에 허덕이는가 하면 또 다른 나라는 마약과 범죄로 인하여 사회적 혼란이 가중되고 있다. 우리나라뿐만 아니라 외국에서도 개개인의 목소리와 크고 작은 단체의 불평불만 섞인 시위가 끊이질 않고 있다. 무엇을 더 얻고 구함인지는 알 수 없지만, 이러한 흐름은 조용함 속에서 마치 소리 없는 폭탄이 세상을 뒤덮는 듯하다.

그러나 이보다 더 두려운 것은 핵이라는 엄청난 재앙의 불씨를 가슴에 안고 있다. 세계를 떠나 지구 전체를 위협하는 어리석음을 자행하고 있는 자가 있어도 그에 대한 보편타당한 대안이 없다는 것이다. 너도 죽고 나도 죽자는 이러한 상황에서 홍익인간과 선심 공덕으로 포덕천하(布德天下)를 말씀하신 옛 성인들의 가르침을 생각해 보지만, 마치 허공에 흔적 없이 사라지는 메아리 울림처럼 공허하게만 느껴진다.

특히 우리나라는 사계(四季)가 뚜렷하여 계절 따라 얻게 되는 농작물 재배의 기회를 놓치면 가을 추수에 흉작을 피할 수가 없으므로 긴 가뭄에 의한 농민의 아픔과 경제 불황으로 인한 서민들의 한숨 소리가 하늘에 닿고 있다. 다른 나라는 어떤가. 지진과 홍수에 각종 인위적인 사건 · 사고 등으로 어느 한 곳 하루도 평화롭고 안전한 곳이 없다.

그로 인해 세계적인 경제적 불황으로 인한 국민들의 삶이 넉넉지 않음은 당연하지 않을까 생각한다. 그러니 예나 지금

여보게! 자네는 지금 어디로 가고 있는가?

이나 오직 하늘만 믿고 의지하며 살고 있는 선량한 민초들의 마음만 무겁다. 뜨겁게 타들어 가는 농작물을 바라보는 아픔과 예측할 수 없는 천재지변에 각박한 삶의 현실 등이 오히려 치유할 수 없는 가슴앓이가 되어 생사를 넘나드는 고통을 받고 있다고 해도 과언이 아니다.

다행히 우리나라는 홍수를 비롯한 천재지변이 아니라 며칠 전, 마치 개미눈물만큼의 비가 내렸다. 그것이 조금이나마 도움이 될지는 알 수 없지만, 이제는 사농공상(士農工商) 모든 분야에 종사하는 분들이 충족을 위한 불만의 목소리와 파괴적인 행위보다는 앞으로 한 걸음 더 나갈 수 있는 건설적인 대안들을 제시할 때가 아닌가 한다. 내가 아닌 우리, 우리가 아닌 세계인 모두가 풍요롭고 행복한 삶을 영위할 방법을 찾는 데 스스로 앞장서야 한다.

현실의 만족을 모르고 불평불만으로 가득하여 현실에 대한 부정적인 사람은 금은보화가 태산같이 쌓였다 하더라도 만족하기는 어렵다. 그것은 행복이 아니라 끝없는 욕망의 사슬에 갇혔다는 것을 모르고 있다.

그러므로 세 치 혀 놀림과 여섯 자에 지나지 않는 몸으로
는 감당할 수 없는 번뇌 망상의 고통 속에서 무거운 짐을 감
당해야 하는 날이 머지않다는 것을 모를 수밖에 없는 것은
당연하다. 그렇기 때문에 그는 불행한 삶이 될 것이지만, 그
것을 알고 스스로 멈추어 만족할 줄 아는 사람은 성공한 삶
이라 자부할 수 있다. 🌼

채워도 채울 수 없는
끝없는 욕심

　사람의 마음과 머릿속에는 얼마만큼 채울 창고가 비어있는지 알고 싶다. 물론 과학적으로 설명한다면 보편적인 답이야 있겠지만, 채워도 채워도 채울 수 없는 끝없는 욕심을 보면 도깨비의 요술 방망이가 아니고는 답이 없는 것이 확실하다.

　서 있으면 앉고 싶고, 앉으면 눕고 싶고, 누우면 자고 싶다. 정상적인 욕심이라면 여기서 끝이 나야 한다. 그런데 아니다. 모든 것을 성취하고 나면 또 다른 것을 이루려고 한다. 그야말로 끝이 없다. 70~80년대에 비해서 높아지는 것은 물질적인 건물이나 정신적인 자존심에 경제적인 물가의 폭등이다.

낮아지는 것은 사람의 인격과 화폐의 가치, 그리고 노동력이다. 잘 산다는 것은 몸과 마음이 평온하여 언제나 행복할 수 있어야 한다. 행복하기 위해서는 만족할 줄 알아야 하고 세상을 바라보는 눈과 이해의 폭이 넓고 여유가 있어야 한다.

도로가 넓어지고 건물 평수가 넓어져도 세상을 바라보는 지혜의 눈과 마음은 바늘 끝에도 미치지 못하는 것처럼 느껴진다. 불평불만은 왜 그렇게 많은지 알 수 없다. 자신은 똑똑하고 잘하는데 다른 사람에 대한 인식은 불만투성이다. 몸담고 있는 직장은 가족과 더불어 행복한 삶을 영위할 수 있는 삶의 터전이어야 한다. 그래서 항상 감사하는 마음으로 열심히 최선을 다해야 한다.

그러나 자신과 가족의 더욱 안정된 삶을 위한 직장이 아니라 일방적으로 피해를 입는 곳으로 마치 고용자만을 위한 일터로 생각하는 듯하다. 가끔 고객의 입장에서 그들을 접할 때면 치열함과 냉혹한 눈빛으로 부정적인 말과 불만을 드러낼 때 안타까운 마음이 든다.

여보게! 자네는 지금 어디로 가고 있는가?

이처럼 직장생활마저도 준비되지 않은 상황에서 하고 싶고 누리고 싶은 것이 많아질수록 스스로 바라보는 자기 모습은 더욱더 초라해질 뿐이다. 아무리 경기가 어렵고 힘이 든다 해도 집마다 차 없는 집 없고 주말마다 휴일 아닌 직장이 많지 않다. 그것은 바로 소비와 연결된다. 언제부터인가 주위의 사람들에게 인생은 즐기면서 사는 것이라는 말을 많이 들었다. 적어도 일주일에 이삼일은 쉬어야 한단다.

그러나 인생이 그렇게 마음먹은 대로 생각대로 쉽게 되는 것은 아니다. 순간의 만족을 위하여 나름대로 하고 싶은 것을 다 하고 나면 행복해야 하지만, 쉽지 않다. 지출한 만큼 현실적인 경제적 문제가 기다리고 있기 때문에 기쁨보다는 근심만 가중될 뿐이다.

이러한 부작용들은 물론 시대적 흐름도 있지만, 문제의 본질은 배고픔을 겪은 부모 세대와 배고픔을 모르는 세대 간의 환경적 삶의 경험이 다름으로 인한 것이 아닌가 싶다. 그러나 분명한 것은 젊은 세대들의 뼛속에 근육이 없어 힘든 것을 두려워할 만큼 나약하게 보이는 것이 문제다.

배운 것은 많아 이론적으로는 똑똑한데 주관적 정신의 영혼이 없어 보이는 것이 마치 로봇과 같다는 생각이 든다. 따뜻하고 배부르니 세상이 다 꽃피는 봄날인 줄 알겠지만, 피나는 노력이 없다면 그것은 한낱 허깨비의 꿈일 뿐이다. 🌑

영혼이 술에 취한 듯
혼탁한 세상

어린 시절 부모님 세대가 거주하던 집을 생각해 보면 요즘의 집과는 비교할 수 없을 만큼 초라했다. 지금은 디자인부터 크기가 예전 임금님이 살던 궁궐보다 더 훌륭하게 설계되어 있다. 편리함과 청결함 나아가서는 고층의 아파트를 대량으로 신축하거나 재개발함으로써 더 이상의 완벽한 주거시설은 없다고 할 만큼 훌륭하게 되어 있다.

그렇지만, 대부분 집만 덩그러니 클 뿐 가족이 모여 살지는 않는다. 예전에는 작은 집에서도 조자손(祖子孫) 삼대의 많은 가족들이 함께 살았다. 부족하면 부족한 대로 넉넉하면 넉넉한 대로 웃음소리가 떠나지 않았고, 어른들을 봉양하는 따뜻한 효심을 바탕으로 물질보다 정신적인 행복을 추구하는 삶이었다.

　지금은 핵가족 시대, 또는 시대가 그렇다는 그럴듯한 말로 포장을 하여 합리화를 하고 있다. 곰곰이 생각해 보면 원인은 허영심과 냄비근성이라고 하는 우리나라 국민성 때문이 아닌가 싶다. 사람이라면 기본적으로 가족이라는 테두리 안에서 조자손(祖子孫) 삼대가 함께하며 끊으려야 끊을 수 없는 천륜의 정이 있어야 한다.

　그러기 위해서는 사람만이 지닌, 만물의 영장으로서 심적 육체적 모든 상식의 근본 뿌리가 튼튼해야 한다.

　이런 말을 하면 지금이 어떤 시대인데 라는 핀잔과 함께 마치 달나라나 호랑이 담배 피우던 시절 시시콜콜한 옛이야기로 치부함도 알고 있다. 물론 시대적 감각이 떨어진 외계인 취급을 받기도 하지만, 누구 때문에 모든 것이 풍요로운 이 시대를 편안하게 살고 있는지는 분명히 알아야 한다. 반드시 누군가 힘들고 어려운 과정을 스스로 헤쳐 땀 흘려 성공을 이루어 우리에게 성취의 풍요로움을 안겨 주었을 것이다.

　　　　　　　여보게! 자네는 지금 어디로 가고 있는가?

그것을 당연한 것처럼 누려야겠다는 심리가 작용한다면, 주는 것보다 받는 것이 익숙함으로 불평불만이 가득하여 불행을 자초할 뿐이다. 요즘은 대부분 학벌이 높고 배움과 지식이 많다고 한다. 하지만, 부모 세대가 배운 교육적 가치에 비추어 보면 현대지식은 그냥 기계적 사고로 암기만 하는 것 같이 느껴진다. 그뿐만 아니라, 인의예지를 함께 접목한 인성교육은 찾아보려야 볼 수가 없음이 안타깝다. 학벌이 아무리 높고 똑똑하다고 해도 개인주의로 잘 먹고 잘 입고 즐거운 삶의 누림에 초점을 맞추고 있음이 그 이유다.

모든 것이 넉넉하고 편리할 뿐만 아니라, 지식은 많은데 사람의 상식적 가치와 판단력은 부족하고 항상 무엇인가 쫓기고 있다. 분야마다 전문가는 차고 넘치지만, 야기되는 문제들은 더욱 심각하다. 의학이 발달하여 백세시대를 산다고 자부하며 떠들고 있다. 좋은 음식과 영양제 과다복용에 운동으로 건강하게 오래 살기를 희망하고 있다.

그렇지만, 나라는 이기적인 사고와 자존심에 빨리 성취하려는 조급한 성격 등으로 인하여 중년이 지나면 약을 한 움큼씩 먹고 있는 것이 지금, 우리 삶의 현실이다. 사람들 대부분이 술에 취한 영혼이 깊은 잠에 빠진 것 같다. 상부상조 (相扶相助)하는 마음으로 함께 더불어 행복한 세상을 만들어 가야 할 아름다운 백의민족의 사랑과 인정 문화라는 영혼의 향기로운 꽃이 저 먼 민둥산 희미한 안갯속으로 사라져 가고 있는 것 같아 안타까운 마음이다. ●

그리움 또한
아름답지만은 않은 것이다

새해가 되면 이른 봄을 시작으로 마치 쉼 없이 물결 따라 도는 물레방아처럼 다사다난했던 한 해를 보내고 새해를 맞이한다. 비록 짧은 일 년 삼백육십오일 초분을 다투지는 않더라도 순간순간 지났던 일들을 말과 글을 인용하여 판박이 사진처럼 사실적으로 표현하기는 쉽지 않다. 그러나 한 해는 분명히 저물고 이제 멀지 않아 춘삼월이지만, 머릿속이 텅 비어 하얀 백지가 된 것처럼 지난 일들이 밤하늘을 수놓은 반짝이는 별빛처럼 또렷이 남은 것은 아니다.

오히려 현란한 네온사인 불빛이 온몸을 휘감은 것처럼 꿈 속에 취한 듯 혼란스럽다. 그동안 코로나로 인해 보이지 않는 끈과 소리 없는 울림으로 몸과 마음을 꽁꽁 묶어 자유를 속박했었다. 조였던 끈이 조금 느슨해지는가 싶더니, 이제는 경제적 압박이 저 멀리서 쓰나미처럼 세상을 삼키듯 밀려오고 있다. 실로 긴박한 순간들이 아닐 수 없다. 가는 해와 새해는 계절적으로 스치는 바람의 느낌도 완연히 다르다. 산천을 가로지르는 작은 도랑 물소리도 보잘것없는 길가의 풀 한 포기의 모습도 그렇다. 모든 것이 싱그러울 뿐만 아니라 다시 소생할 수 있다는 생동감이 넘친다. 이럴 즈음 모든 이들의 몸과 마음도 소생하는 자연처럼 활기찬 하루가 시작된다. 물론 꿈은 다르지만, 올 한 해는 작년에 미처 이루지 못한 일들을 모두 이뤘으면 하는 마음이다.

그러기에 저 넓은 세상 수많은 삶의 사연들을 한 송이 꽃으로 모두 엮을 수는 없다. 하지만, 서로 노력한다면 땀 내음 가득한 활기찬 삶의 현장은 우리 스스로 만들 수 있지 않을까 싶다. 지나고 나면 잘한 일도 못 한 일도 모두 후회가 남는다. 조금만 더 잘했더라면 하는…. 그렇듯 그리움 또한 아름답지만은 않은 것이다. 70~80년대에는 배고픔을 견디며 쉴 새 없이 일하면서도 배고픔을 원망하지 않았고, 부모님도 나라님도 그 누구도 탓하지 않았다.

여보게! 자네는 지금 어디로 가고 있는가?

오직 열심히 일해서 잘 살아야겠다는 아름다운 꿈이 있었을 뿐이다. 그렇게 흘린 땀은 헛되지 않았다. 어쩌면 세상이 이렇게 변할 수 있을까 할 만큼 전 국토가 다른 모습으로 탈바꿈했다. 산과 들에는 초목이 무성해지고 마을마다 초가지붕이 사라졌다. 가는 곳마다 길이 넓어지고 포장되었다. 더불어 우리들의 삶도 하루하루 몸과 마음을 살찌우고, 나날이 발전하여 꿈과 희망의 꽃동산에 무릉도원이 건설되는 듯했지만, 안타깝게도 잊은 것이 있다.

잘 먹고 잘살아야겠다는 굳은 신념으로 열심히 노력하여 배고픔을 잊는 동안 전혀 배고픔의 아픔을 알지 못한 이들이 있었다. 자손들의 당연한 배부름과 미처 깨닫지 못한 인성적 밥상머리 교육이 사라짐으로 인해 '효' 문화는 쇠퇴하게 되었다. 그뿐만 아니라, 어르신들 세대 모두에게 '꼰대'라는 인성적 비하 명을 각인시키더니 불평불만은 쌓여만 갔다.

인생에 정답은 없다. 그러나 비록 배고프고 힘든 삶이었지만, 어르신들의 지나온 헌신적인 삶에 큰 박수를 보내지 않을 수 없다. 이제 주사위는 청년들에게 넘겨졌다. 젊은이들의 불평불만을 감수하면서 어르신들이 오매불망 이루고자 했던 꿈, 청년 그들은 자신들이 던진 불평불만의 양과 질만큼 후손들의 무한 행복이란 누림의 꽃을 만개하고, 그들의 자손들에게 더욱 나은 내일의 행복한 삶의 질을 충족시켜 줄 수 있기를 기대해 본다. ❀

부뚜막의 추억

부뚜막 한편 삼베보자기에

시장 가신 어머니

사랑이 숨었다

보리밥 된장

풋고추에 상추까지

놀러 나간 아들딸 밥 굶을까 봐

어머니 가슴으로

보듬어 안고 기다린다

온종일 굶주린 배고픔에

헐레벌떡 부엌에 들면

 밥도 쌈도 게 눈 감추듯 한다

부뚜막에 누운 밥티 한 알이

배시시 웃는다.

우주 삼라는
심한 열병으로 몸살 중

몸살감기는 열과 함께 심한 고통을 동반한다. 어느 한 곳이 아니라 온몸 전체를 고통스럽게 할 뿐만 아니라 특정한 어느 한 부분을 더 심하게 자극하기도 한다.

다만 우리들이 일상에서 가끔 겪게 되는 몸살감기는 심각한 병이라기보다는 정신적 육체적으로 무리를 하거나 신체의 바이오리듬(biorhythm)이 깨졌을 때 누구나 한 번쯤은 앓게 되는 가벼운 병으로 치부되기도 한다.

지난 몇 년 동안 코로나로 인해 우리들만의 생활방식은 물론 사람을 대하고 생각하는 사고(思考)까지도 상상을 불허

여보게! 자네는 지금 어디로 가고 있는가?

할 만큼 달라졌다. 우리뿐만이 아니다. 세계적으로 삶의 흐름도 대부분 바뀌었다고 해도 과언이 아니다. 이처럼 보이지 않는 아주 작은 미립자 균에 속수무책으로 당할 수밖에 없는 인간. 나날이 발전하고 있다고 사부하던 과학과 더불어 의학마저도 경악하게 했던 시간이다.

그러나 지난 아픔의 고통은 까맣게 잊은 채 벌써 어리석은 욕심으로 자신들의 이권에만 혈안이 되어있는 일부 특권층들을 보면 아연실색하지 않을 수가 없다.

삶이란! 무엇을 더 얻고 누리기 위함인지는 알 수 없다. 그러나 분명한 것은 누림이라는 꿀 발림의 행복에 취해 또 다른 생을 찾아 죽음을 향해 가고 있다는 것이다. 그것을 조금이라도 느낀다면 이처럼 무모한 욕심으로 마치 천만년은 살 것처럼 어리석음의 누를 범하지는 않을 것이다.

예로부터 많은 질병과 급병이 세상에 창궐할 때마다 많은 생명을 앗아갔다. 그것은 어제오늘만의 일이 아니다. 일상이라 할 만큼 언제나 반복되는 분명한 사실이다. 그런데 벌써 잊고 있다. 이제 우리는 알아야 한다. 이 넓은 우주 삼라는 사람의 눈에 보이고 소유할 수 있는 만큼의 작은 공간이 아니라는 것을….

과학이 아무리 발달해도 자연의 순환을 사람의 힘으로 전면 통제할 수 없다는 것을…. 자연을 장악하여 통제하려고 하면 할수록 큰 재앙은 피할 수 없다는 것을…. 사람이 생각할 수 있는 능력과 지혜를 그 누군가를 사유화하고 통제하는 도구로 쓰려고 하면 안 된다.

사람은 자연과 더불어 서로 상생하는 삶이 아니면 곤란하다. 그렇게 되면 스스로 만든 덫에 걸려 시간이 지날수록 더 큰 재앙을 겪게 된다는 것은 자명한 일이다.

지구의 축은 지금 12시 방향을 향하여 최선의 노력을 기울이고 있다. 그로 인해 감기, 몸살을 심하게 앓고 있다. 그것을 증명하는 것은 지진을 비롯한 생각지도 못한 자연재해가 잦아짐을 보면 알 수 있다.

이제 삼라의 몸살감기가 끝나면 멀지 않은 장래에 남극과 북극의 축이 제자리를 찾게 될 것이다. 육지가 바다 되고 바다가 육지 되는 또 다른 세상….

튀르키예 지진 전, 마치 부싯돌을 비벼 불을 얻듯, 지층끼리 미끄러지면서 일어나는 지진광(地震光)을 보면서도 새나 짐승은 미리 알고 몸을 피하거나 처참한 죽음으로 이를 알렸다. 그러나 사람은 모르고 있었다.

이것은 사람이 만물의 영장이라는 것을 무색하게 하는 인간의 어리석음과 무지의 극치를 엿볼 수 있는 일대 사건이라고 할 수 있을 것이다.

이제 시작인 삼라의 몸살감기가 언제쯤 끝날지는 알 수 없다. 분명한 것은 지구의 북극 축이 12시 방향에 이르면 세상은 다시 평화로울 것이다.

그러나 그때까지 겪어야 할 천재(天災)와 지재(地災) 인재(人災)의 고통은 상상을 초월하지 않을까 싶다. 🌐

등뼈 24개로
자가 진단하는 법

    사람의 등에는 24개의 뼈마디가 있다. 그리고 그것은 모든 기능과 연결되어 있다. 옛 선조들께서는 아래의 방법으로 스스로를 진단하고 후손을 위해 자료를 남기게 된 것이지만, 의학이 발달한 오늘날에는 사실은 가볍게 생각할 수도 있다.

    그러나 일반적으로 간단하게 가족들끼리 서로 진단할 수 있는 좋은 방법이라 생각한다. 진단 방법은 등뼈 제일 위의 목 부분 1, 2, 3번을 눌러서 몹시 아프면 폐와 기관지에 문제가 있다고 할 수 있다.

    4번 5번 등뼈를 주먹으로 때렸을 때 몹시 아프면 심장이

여보게! 자네는 지금 어디로 가고 있는가?

약하거나 좋지 않다는 뜻이다. 등뼈 10번 11번을 누르거나 때렸을 때 몹시 아프면, 그 사람은 위에 문제가 있거나 체기가 있다고 보면 된다. 🌀

***폐(허파) 1, 2, 3 :** 우리 몸의 호흡기관 산소를 공급하고 이산화탄소를 배출한다.

***심장 4,5 :** 산소가 풍부한 혈액을 전신으로 순환하게 해 주며 1분에 60~100회 정도 수축한다. 심장에는 2개의 심방과 2개의 심실로 이루어져 있다. 이 사이에 판막이 존재하여 피가 역류하지 않도록 도와준다.

***비장(지레) 6, 7 :** 크기가 주먹만 하고 혈액의 성분들을 걸러주는 곳이기 때문에 혈액 공급이 많다. 길이는 10~12cm 너비 6~8cm 무게 80~150g이다.

***간장 8, 9 :** 필터 역할을 하여 혈색에서 독소와 노폐물을 제거하고 소화를 위한 담즙을 생성하여 비타민과 미네랄 같은 필수영양소를 저장한다.

***위장 10,11 :** 식도를 통해 들어온 음식물을 임시 저장하고 위액을 분비하여 소화하는 기능을 한다.

***대장(큰창자) 12, 13 :** 수분을 흡수하고 비타민 B와 비타민 K를 포함한 비타민 일부를 합성하며 소화 후 남은 음식물은 대변으로 배변해 주는 기능을 말한다.

*담(쓸개) 14, 15, 16 : 간에서 나온 담즙을 저장하고 농축하는 일을 한다.

*소장(작은창자) 17, 18 : 우리 몸에서 가장 긴장기로 6.7~7.6m 정도 된다.

*신장(콩팥) 19 : 노폐물 제거 수분과 염분 조절, 혈액과 체액의 산, 염기, 균형 유지, 혈압, 조절, 비타민 D 활성화 적혈구 형성과 호르몬 분비로 조혈작용을 돕는다.

*명문 20, 21 : 성기능과 생식기 계통과 밀접한 연관이 있다.

*방광(오줌통) 22, 23, 24 : 수뇨관을 통해 신장과 연결되어 있다.

여보게! 자네는 지금 어디로 가고 있는가?

눈동자

세상에 어쩜
이렇게 맑은 호수가 있을까
하나밖에 없는

갈잎의 춤사위마저
별빛 깜박임에 녹아들고

마음마저
그림자로 물들여 버리는

사랑 가득한
호수

여보게! 자네는 지금 어디로 가고 있는가?

3

인생과 삶

인생은
새옹지마

바람 불고 눈비 오고
천둥·번개 요란하여 내일이 없을 듯하지만,
또다시 동녘에는 해가 뜨고 조각달은 한가로운데
오르막길 내리막길 지나 평지가 눈앞이네
그 누가 말했던가. 인생사 새옹지마라고.

작심삼일(作心三日)이 되면
안 된다

실눈 내려 잠든 나뭇가지에서 까치 한 마리가 울고 있다. 해마다 새해가 되면 작심의 마음 틀을 다잡아 날줄 씨줄로 한 해의 일을 수놓는다. 그런 사람들의 마음을 읽기라도 하듯 까치는 '까악 깍' 응원의 메시지를 보내고 있다.

꿈이야 많을수록 좋고 할 수 있다는 희망의 끈은 견고할수록 좋다. 그러나 세상사가 그렇게 녹록하지 않기에 중도포기라는 아주 쉬운 일상처럼 아무런 의미 없이 흐지부지 소멸하기도 한다.

예로부터 오늘에 이르기까지 어릴 때 천진난만했던 미래의 꿈이 어른이 되어서도 이루고 싶은 삶의 목적이 된다. 그

여보게! 자네는 지금 어디로 가고 있는가?

때문에 새해가 되면 한 해를 설계하는 일들이 잘될 것이라고 믿는다. 물론 쉬운 일이 아니라는 것을 알기에 실패를 반복하면서도 누구나 최선을 다하고 있다.

그렇게 모든 사람이 선택한 꿈을 삶이란 하얀 종이 위에 스케치하고 덧칠한다. 이룰 것이라는 굳은 신념이 있기에 성공이라는 아름다운 상상의 꽃을 그린다. 이처럼 걷고 뛰어 몸과 마음이 지쳐 쓰러질 것 같아도 실낱같은 희망의 끈을 놓지 않고 정진하는 것은 어쩌면 행복하기 위한 본능적 행위가 아닐까 한다.

사계(四季)는 한 치의 오차 없이 순환하고 있다. 해를 거듭하는 가운데 해와 달을 비롯한 동식물과 물, 불, 바람, 구름 등, 자연의 흐름이 순리에 역행하지 않고 한결같음이 경이(驚異)로울 뿐이다. 이제 우리는 다시 사계의 순리를 보고 듣고 배워 실천해야 할 목표로 새해의 문턱을 넘어섰다.

우리 모두 사람으로서의 자긍심(自矜心)을 가졌다면 자신의 아름답고 소박한 꿈을 작심삼일(作心三日)로 무너뜨려서는 안 된다. 🌀

나는 지금
어디쯤 왔을까

이른 아침 눈을 뜨고 창밖을 본다. 지나온 발자취를 감추기라도 하듯 밤새 내린 눈으로 온 세상이 하얗게 눈부시다. 간간이 부는 바람에 눈발이 날리고 앙상한 나뭇가지는 칼바람에 울고 있다.

한참을 그렇게 바깥을 보며 생각에 잠긴다. 지금 나는 어디에서 무엇을 하러 와서 무엇을 향해 어디쯤 가고 있는가. 돌아보면 아득히 멀기만 했던 삶의 길, 잔 속에 진한 커피 향이 코끝을 자극한다. 지나온 삶의 흔적들은 뇌리를 스치는데 추억 속의 상념들은 저 먼 들판 눈보라와 함께 넘실거리며 허공을 날고 있다. 어린 시절 불우했던 상흔들을 모두

여보게! 자네는 지금 어디로 가고 있는가?

흩기라도 하듯이….

많은 사람이 반백의 생을 지나 어디가 종점인 줄도 모른 채 가고 있는 오늘이다. 먹고 자고 일하고 나름대로 무엇이든 이루어 보겠다는 욕심 하나로 달려온 길목에 서서 나를 돌아본다. 지난 생의 그림자 속 공허함이 가슴속을 파고드는 것은 나만의 일은 아니지 않나 싶다. 누구나 인생이란 삶을 연습 없이 올인하면서 많은 시행착오를 겪는다.

지금 머문 그 자리에서 자신이 처한 상황만으로 미래를 예측할 수는 없다. 그러나 열심히 노력해서 행복하게 살려는 희망의 꿈을 한 아름 안고 앞만 보고 간다. 낮과 밤의 순환을 반복하는 해와 달처럼 넘어지면 일어서고, 또 넘어지는 숱한 시련에도 삶을 멈추지 않는다.

결코 한 가지 바람조차 완벽하게 이룰 수 없음을 알면서 잠시도 머물 수 없이 가야만 하는 이 길은 너와 내가 아닌 모두의 숙명적인 길이다. 예나 지금이나 이 길을 지나간 그 누구도 꿈을 완성한 분은 없고 영생을 말하면서도 지금까지 생존한 분은 없다.

이제 우리 눈을 뜨자. 나는 지금 어디쯤 왔고 어디로 어떻게 가야 하는지. 아름답게 지는 노을을 보면서 지나온 발자국 따라 다가올 마지막 자기 모습을 더욱더 아름답게 만들어 보자. 🌸

정월대보름의
기원

정월 대보름이면 이른 아침 어머니의 재촉으로 일어난다. 졸린 눈을 비비며 어머니가 준 땅콩이나 호두로 한해 부스럼 나지 않고 건강하게 해 달라는 '부럼과 이 박기'에 이어 동네를 한 바퀴 돈다. 친구를 만나면 더위를 팔기 위해서였다.

친구를 보면 재빨리 이름을 부른다. 친구의 대답이 떨어지기 무섭게 "내 더위 사라"고 외쳐 더위를 넘겨버리면 상쾌한 기분은 마치 하늘을 나는 듯했다.

콧노래를 부르며 깡충깡충 토끼뜀으로 집에 오면 오곡밥과 나물이 가득한 아침상이 군침부터 돌게 했다. 부럼과 이

박기처럼 올 한 해도 허기지지 않고 배를 든든히 채우게 해
달라는 기원과 함께 영양 결핍을 예방하는 정월대보름 밥상
이었다.

나물무침은 고춧가루 등으로 양념하지 않았다. 정월대보
름의 민속놀이는 다리 밟기를 비롯해 달맞이, 달집 태우기,
더위팔기, 복토(福土) 훔치기, 석전(石戰) 돌싸움, 액막이,
연날리기, 쥐불놀이, 줄다리기, 차전(車戰)놀이, 쇠머리대
기 등, 다양했다.

이 모든 민속놀이는 대보름을 기점으로 새롭게 시작되는
한 해의 안녕과 풍년을 기원하며 삶의 희망을 북돋웠다. 오
늘날에는 안타깝게도 상당히 잊혀가는 옛 풍속이다. 조상님
들의 세시풍속을 생각해 보면 개개인의 욕망으로 각박한 요
즘과 사뭇 다르다.

선조님들의 삶은 하심(下心)하듯 아래로 향해 흘러가는
물처럼 천리에 순응하여 다툼이 없는 자연과 함께하는 순
수한 아름다운 모습이었다. 어쩌다 지방의 민속 문화재 행사
로 겨우 면면을 이어가는 옛 풍속들, 이제 새해를 지나 정

여보게! 자네는 지금 어디로 가고 있는가?

월대보름이 이틀 지났다.

어른들과 논밭을 뛰어다니며 함께했던 놀이도 형들과의
정월대보름 놀이도, 이제는 풍요의 기원이 아닌 아린 그리움
으로 눈가를 촉촉하게 하는 추억이 되었다. 🌑

우리네 삶의
우수(雨水)와 경칩(驚蟄)

모든 것은 윤회한다.

사람이나 자연이나 잠시도 머물지 않고 변이 작용을 하고 있다. 비록 변하는 과정을 바로 볼 수는 없지만, 일정 기간 시간 차로 관찰하면 변하는 것은 사실이다.

모습뿐만이 아니라 보이지 않는 무형(無形)도 마찬가지다. 우리가 가장 쉽게 느낄 수 있는 것이 마음의 작용이다. 마치 물결이 출렁이듯 누구나 하루 24시간 자신의 마음이 시시때때로 변하지 않는 사람은 없다.

여보게! 자네는 지금 어디로 가고 있는가?

자연의 흐름도 마찬가지다.

날씨부터 산천초목을 비롯한 생물(生物)과 무생물(無生物)까지 그렇게 변하는 과정에서 꽁꽁 얼어붙은 대동강 물도 풀린다는 우수(雨水)와 경칩(驚蟄)이 지났다.

봄, 여름, 가을, 겨울, 사계가 나름의 특색 변화로 지나가듯 우리의 삶도 마찬가지다. 그동안 상상을 초월한 경제성장과 더불어 개인적인 삶의 환경도 말로 표현할 수 없을 만큼 좋아졌다. 그러나 좋아지는 과정이 마냥 봄날은 아니었다. 현재 우리가 겪고 있는 혹한기처럼 삶의 어려움이 있었다.

자연의 순환 작용으로 꽁꽁 얼었던 얼음이 녹듯, 작금의 어려움도 멀지 않아 제자리로 돌아올 것이다. 우리는 그 사실을 믿고 자신이 처한 자리에서 최선을 다한다면 따사로운 햇볕과 함께 운명적 삶의 우수(雨水) 경칩(驚蟄)을 맞이할 수 있을 것이다. 🌑

길고도 짧은
인생 여정(旅程)

흔히 인생을 '여정(旅程)'에 비유한다.

긴 것 같으면서 짧고 짧은 것 같으면서도 긴 여행이 인생
이다. 여행을 떠날 때는 여러 장비를 챙겨야 한다. 먼 길, 여
행을 빈손으로 떠나는 사람은 없다. 저마다 배낭을 하나씩
메고 떠나는데 배낭의 크기도 제각각이다.

초보자의 배낭은 크고 무겁지만, 꼭 필요한 것보다 불필
요한 것이 더 많다. 여행 전문가의 배낭은 가볍다. 꼭 필요한
물건만 넣기 때문이다. 인생을 살면서 고민 없는 사람은 없
다. 저마다 크고 작은 고민을 이고 지고 품고 산다.

여보게! 자네는 지금 어디로 가고 있는가?

그것을 긍정적으로 받아들이는 인생은 프로로 행복을 공유한다. 현명한 사람은 불필요한 고민은 내려놓고 가지만, 어리석은 자는 불필요한 욕심과 시기, 욕기, 음해, 질투와 번뇌 망상까지 짊어지고 간다. 그러면서 왜 이렇게 살기 힘든 거냐고 오히려 세상을 탓하며 하소연한다.

첫발을 내디딜 때는 젊음을 믿고 희망찬 미래를 꿈꾸지만, 한 걸음 두 걸음 내딛는 발자국은 점차 무거워진다. 찬란했던 꿈도 지쳐가는 몸과 마음에 희뿌연 안갯속으로 숨는다.

내려놓으면 될 것을 내려놓기는커녕 지쳐 쓰러지면서도 탐욕에 이끌려 천 기와 만 기와를 짓고, 눈에 보이고 귀에 들리는 것은 모두 취하려 한다.

가는 길에 보이는 것은 뜨고 지는 해와 달, 반짝이는 별빛, 파란 하늘에 흰 구름은 한가롭고 새들은 평화롭게 하늘을 날 뿐이다. 그런가 하면 빛바랜 낙엽과 썩은 고목, 오르막과 내리막길 사이의 가시밭 구렁텅이에 헤어날 수 없는 천 길 절벽도 있다.

자! 이제 어디로 갈 것인가.

앞으로 나갈 수도 없고 뒤돌아 갈 수도 없는 막다른 골목에서 우리는 어떻게 해야 하는가. 조용히 눈을 감고 마음을 가라앉히자, 맑고 깨끗한 물 한 잔으로 목을 축이고 무거운 짐을 내려놓자.

이참에 시기, 욕기, 음해, 질투, 번뇌, 망상은 천 길 절벽으로 모두 던져버리자. 그리고 다시 떠오를 새 아침 태양을 보며 힘차게 앞으로 나가자.

앞으로 한 걸음 내디디면 희망찬 미래가 있지만, 버리고 내려놓음이 두려워서 멈추거나 물러서면 자신의 미래는 암울할 뿐이다. 🐢

한 생을 찾아

세월의 흔적은

파란 하늘에

한줄기 새털구름으로 수를 놓는다

한 방울의 물이

생이라는 이름으로 삶의 수레를 타고

죽음의 그늘

고요한 집을 찾아가고 있다

덕지덕지 눌어붙은

해진 옷자락은 벗어 던지고

새 옷을 입기 위해 다시 그 집에서

 한 생을 찾아

진공(眞空)의 나래를 편다.

※ 진공(眞空): 공, 비었다.

참으로
말세로구나

5월 어버이날을 생각하지 않더라도 소중한 이 몸을 주신 부모님께 효행을 다함은 당연하다. 부모님을 공경하는 효행은 마음으로 하는 것이기 때문에 쉽지만, 부모님을 사랑하는 효행은 몸소 실천해야 하는 것이므로 지극히 어려운 것이다.

특히 불편한 몸으로 인하여 자리보전하고 계실 때는 더욱 어렵다. 부모님을 봉양하는 자녀가 많다 해도 언제나 서로 다투는 것을 흔히 보게 된다.

여보게! 자네는 지금 어디로 가고 있는가?

그러나 부모님께서는 홀로 열 자식을 기르더라도 정성을 다하여 변함없는 사랑으로 부족함이 없다는 것을 알 것이다. 그러니 어떠한 경우라도 아들딸이 진정으로 부모님께 효도한다면, 그로 인해 부모님은 즐겁고 행복하여 집안은 언제나 화목하며 모든 일이 원만이 이루어질 것이다. 아내와 자식을 사랑하는 그 마음처럼 최선을 다하여 부모님을 섬긴다면 그것은 바로 지극한 효도라고 할 수 있다.

얼마 전 98세 되신 어머님이 오래 사시는 것이 못마땅해서인지는 모르겠지만, 1남 4녀의 자식들이 서로 머리를 맞대고 내린 결론이 멀쩡한 어머니를 정신질환이라는 병을 만들어 어느 날, 갑자기 연락이 두절되게 하였다.

물론 몸도 마음도 건강하신 분이고 매일 통화를 하여 안부를 묻고 하시던 분이다. 얼마나 건강하시면 그 연세에도 밥이나 빨래 등 집안일을 다 하시고 혈압약만 복용하실 뿐이었다. 그렇지만 자식들 입장에서는 어떤 마음이었는지는 아무도 알 수 없다.

그러나 자신들이 아무리 어떠한 명분을 붙여서 비밀스럽게 부모님을 내친다 해도 그들의 젊은 아들딸들이 그것을 모를 만큼 무지하지는 않다. 영원한 비밀은 있을 수가 없다.

한둘도 아니고 건강한 어머니를 내치는 일에 오 남매가 한마음 한뜻이 될 수 있다는 것도 정말 소름 끼치도록 무섭다. 옆에서 보는 입장에서는 너무 건강하여 주변 분들에게 부러움의 대상이었는데 어느 날, 갑자기 일어난 일이기에 아무리 생각해도 이유를 알 수가 없다.

이웃 사람들 입에서 도는 말들을 종합해 보면 혹시 자식들이 치매 보험을 들지 않았을까 하는 소문이 난무한다. 세상 참 요지경 속이라더니 개도 물어가지 않는 돈 때문이라면 정말 인륜을 저버리는 일이기에 아주 가까웠던 이웃의 한 사람으로서 정말 가슴 아픈 일이 아닐 수 없다고 한다.

말은 부처님을 믿고 종교를 신행한다고 하면서, 부모님에게 그럴 수가 있는지 도무지 이해가 가지 않는다. 설사 주변 분들의 입방아처럼 보험금을 노린 것이라면, 이 또한 범법

여보게! 자네는 지금 어디로 가고 있는가?

행위라는 것을 모르지는 않을 터, 눈이 있어 본들, 귀가 있어 들은 들, 입이 있어 말할 수 있은들, 남이라는 이유 하나 때문에 어쩔 수 없는 현실, 허허허….

참으로 말세로구나! 🌑

어머니의 눈물

열여덟 꽃다운 나이에는 몰랐습니다

임의 존재도 사랑이 무엇인지도 몰랐습니다

첫 아이를 낳고 처음 가슴을 여는 날
해맑은 아기 눈동자에서
사랑의 참모습을 보았습니다

삶이 무엇인지 행복이 무엇인지
세월 따라 삶의 두 어깨가 무거워지고
가슴속 상흔이 깊어질수록
고뇌도 깊어만 갔습니다

하얀 머리 이마엔 잔주름
거칠어진 손마디에 쇠약해진 모습

희미한 생의 끝자락이

먼발치에서 마중 온 듯 기다립니다

몰랐습니다. 정말 아무것도 몰랐습니다

사랑도 행복도 삶의 아픔도

살아온 긴 터널 끝을 바라보는 지금

두 눈에는 눈물이

뜨거운 눈물이 자꾸만 흐릅니다

이제야 알 것 같습니다

먼 산 바라보며 독백하시던

우리 어머니 어머니의 눈물을….

그랬으면
정말 좋겠다

아침에 일어나 눈을 뜨면 실바람에 춤추는 나뭇잎이 생동 감을 더해 좋다. 그 사이로 눈부시게 쏟아지는 실 햇살 받으며 '예전처럼' 오고 가는 사람들의 정담 어린 이야기 가득했으면 좋겠다.

코로나로 검고 흰 마스크에 가려 알아볼 수 없는 얼굴보다 모르는 사람도 서로의 안녕을 물으며 미소로 주고받는 그런 날이면 좋겠다.

서로를 경계하고 소원해지기보다 홀로 가는 길 따뜻한 손마주 잡을 수 있고 지친 몸을 서로 기댈 수 있는 그런 삶이면 좋겠다.

여보게! 자네는 지금 어디로 가고 있는가?

잘된 건 내 덕이고, 잘못된 건 네 탓이 아닌 잘된 것은 네 덕이요, 잘못된 건 내 탓으로 돌리는 하심(下心)과 덕성(德性)이 가득한 마음이면 좋겠다.

이기고 지는 승패의 잣대로 개인적 성공을 평가하기보다 근면(勤勉) 성실(誠實) 노력(努力)하는 인성으로 모두가 손잡고 함께 가는 길이면 좋겠다.

사람인지 동물인지 구분할 수 없을 정도로 자성이 타락된 삶보다 만물(萬物)의 영장(靈長)인 사람으로서의 자부심을 가진 정심(正心)을 찾으면 좋겠다.

열심히 노력한 만큼 이루지는 못했어도 실망하지 않고 최선의 노력을 다한 자신에게 스스로 박수를 보낼 수 있는 넉넉한 마음이면 좋겠다.

하루하루 자신의 짧은 행복보다 다가올 미래의 우리 후손들에게 한 치의 오차도 없는 영원한 행복의 밑거름이 되면 더욱더 좋겠다.

먼저 살다 가신 선조들께서 모든 고난과 역경 속에서도 우리에게 남겨주신 임의 가신 길 바라보며 가르침을 실천하는 아름다운 삶이었으면 좋겠다.

그랬으면 정말 좋겠다. 🌀

삶이란 살아남기 위한
처절한 몸부림

산비탈 푸섶길에 달콤한 솜사탕처럼, 살포시 내려앉던 하얀 눈빛 사연들도, 실바람 따라 스멀스멀 이별의 눈물로 숨은 것이 어제 같았다.

얼음이란 이름으로 세상을 덮고 천하를 호령하듯 매서운 칼바람에도 눈 부릅뜨고 기고만장하더니 따사로운 봄바람에 한평생을 다하여 눈물로 이별하는 모습이 너무나 애처로워 보인다.

흔적 없이 오고 가는 세월 한 자락에 버들강아지 기지개 켜는 소리가 귓전을 맴돌고 긴 밤 적막 속에서 내일을 향한 새싹들의 속삭임이 정겹기도 했었다.

그런데 어느덧 숨이 막힐 만큼 무덥던 말복도 슬며시 고개를 숙이고 있다. 마치 깊은 계곡의 흐름에 지친 봄, 빗물의 게으름이 따사로운 어머니 손길 따라 머물 듯. 사람은 저마다 자기 삶이 고달프고 힘든 줄 알고 있다. 땅 위에 솟은 자연이나 땅 밑에 숨은 생명은 명이라는 끈 하나 잡고 모두 살아남기 위한 처절한 몸부림을 치지만, 사람들이 모를 뿐이다.

누구나 그냥 별 무리 없이 생존한다고 생각할 수 있다. 우리말에 촌각을 다툰다는 말이 있다. 하루 이십사 시간 조금만 방심해도 몸과 마음에 어떤 영향이 미칠 것인지 가볍게 생각하면 안 된다.

우리가 모르는 사이 얼마나 많은 생명이 태어나고 죽는지 알 수는 없지만, 그만큼 삶이란 살아남기 위한 처절한 몸부림이라는 것을 알아야 한다. 자연과 주변의 모든 것들은 나를 위해 존재하지만, 나 또한 자연과 주변의 또 다른 생명을 위해 존재한다는 것을 잊지 말아야 한다. 🌐

눈물도 기쁨과 슬픔의
눈물이 있다

비가 내린다. 밤새도록 폭우가 쏟아지더니 연이틀 종일 전국적으로 산사태뿐만 아니라, 일부 도심이 침수되고 사람의 생명까지 앗아가고 있음에 안타까움을 더하여 측은지심이다. 뉴스를 보면 우리나라만 그런 것은 아니다.

지구촌 전 세계가 홍수 아니면 가뭄으로 많은 어려움을 겪고 있다. 진리는 불변이라 한다. 기후와 더불어 자연의 흐름은 예전보다 하루가 다르게 변하고 있다. 이 또한 태풍으로 인한 파도로 바닷물을 정화하듯이 절대불변인 진리의 순환과정이라고 생각할 수도 있지만, 눈물도 기쁨의 눈물과 슬픔의 눈물이 있다.

하늘은 슬픔과 기쁨의 눈물 중, 과연 어떤 눈물을 흘리고 있는지, 아니 대성통곡을 하고 있는지 세상이 타락되고 혼탁함을 접하면서 터무니없는 상상이지만, 많은 생각을 하게 된다. 불교에서는 모든 것이 공하다고 한다. 그러나 필자는 불교적인 것을 떠나 모든 것을 현실적으로 있다고 볼 때, 무엇이든 과학과 철학의 결합체라고 말하고 싶다.

여기에서 과학은 현실적이고, 철학은 정신적 또는 보이지 않는 에니지 같은 깃으로 생각하면 쉽다. 과학이 발달하여 많은 종류의 로봇이 생산되고 있지만, 결국 철학의 결과가 모든 물질의 생산이라고 생각한다.

이렇듯 눈으로 보고 느낄 수 있고 일상생활에 사용하고 있는 소소한 생활용품 하나까지도 모두 철학적인 결과물이라고 말하고 싶다. 사람의 마음은 철학이고 몸은 과학이라고 말할 수 있듯이 허공을 비롯한 눈에 보이는 모든 것들은 과학이라 할 수 있지만, 대자연을 움직이는 보이지 않는 힘은 모두 철학이라 할 수 있다.

옛적부터 보이지 않는 힘으로 세상의 모든 재해가 일어

여보게! 자네는 지금 어디로 가고 있는가?

날 때마다, 사람들은 우왕좌왕하는 과정에서 물질적 정신적인 큰 피해를 보고 난 후면 꼭 다시 고치고 만들고 하는 어리석음을 반복하게 된다. 자연적인 재해의 원인이 무엇에서 비롯되는 것인지 한번 생각해 볼 일이지만, 사람마다 나라마다 지형적 다른 문화와 손익 등, 다양한 생각으로 접근하기 때문에 이 또한 하나 된 결론을 내려 대처하기에는 어려움이 있는 것 같다.

다만 하늘에서 내리는 비 한 방울도 사람들의 타락된 욕심으로 인하여 상처를 주는 슬픔의 눈물이 아닌 보다 더 나은 내일을 제공해 주기 위한 건설적인 기쁨의 눈물이었으면 하는 마음 간절하다.

하늘은 재해뿐만 아니라 어려움을 겪고 있는 모든 분에게 내일의 행복을 위하여 기쁨의 눈물만 흘렸으면 정말 좋겠다. 칠 년 가뭄에 단비처럼. 🌑

부모님 은혜

개울 물 흘러

바다를 이룬들

구름을 모아

하늘을 덮은들

해와 달을 삼켜

세월을 멈춘들

이 몸이 스러져

가루가 된들

흐르는 개미 눈물

흔적 없듯

부모님 은혜는

갚을 길 없다.

한평생
삶의 길

1~14세 소아(小兒) 때는, 이른 봄 땅을 뚫고 돋는 새싹과 비유된다. 무엇보다 주위의 도움 없이는 성장할 수 없지만, 몸과 마음이 건강하게 자라야 한다.

15세 지학(志學) 때는, 마치 새싹이 돋는 과정에서 나날이 튼튼한 마디가 생기면서 자라듯 올바른 사고(思考)로 학문의 뜻을 가지고 열심히 노력해야 한다.

20세 약관(弱冠) 때는, 한 그루의 꽃나무가 몽우리를 맺듯이 걸어가고자 하는 무한한 자신의 미래를 생각하면서 가슴속의 꿈과 희망의 청사진을 그려놓고 초석이 될 수 있는 것들을 찾아 최선의 노력을 다해야 한다.

30세 입지(立志)가 되면, 활짝 핀 꽃처럼 꿈과 희망의 나래를 펴고 보다 높은 뜻을 펴기 위해 사회적 삶 속에 뛰어들어 무한 공유와 부딪침에 익숙할 수 있어야 한다.

40세 불혹(不惑)이 되면, 새싹이 자라 몽우리를 거쳐 꽃이 피고 열매가 맺는 과정을 겪듯 30세 입지까지 살아온 삶의 경험을 토대로 옳고 그름과 미치지 못함과 넘침의 정도를 알아 미혹됨이 없어야 실패함도 없다는 것을 알고 행하여야 한다.

50세 지천명(知天命)이 되면, 맺은 열매가 농익듯이 사람의 삶은 순리에 역행하지 않고, 모든 결과는 하늘의 뜻에 따라 순응함을 알아 넘치거나 부족함이 없어야 한다.

60세 이순(耳順)이 되면, 농익은 열매를 거두어들이듯이 삶의 과정에서 얻은 것을 실천과 이해함으로 인간 사회 물질적인 모든 면에서 원만한 덕성을 두루 갖추어야 한다.

70세 고희(古稀)가 되면, 이순까지 살아오면서 쌓은 부와 명예를 비롯해 지식적인 경험까지 후손들을 위하여 두루 나눔을 실천할 수 있는 보람된 삶이 되어야 한다.

80세 산수(傘壽)가 되면, 고희의 삶을 이어 자기 몸과 마음의 자산적 가치들을 모두 비움으로써 다가올 생의 종점에서 내려야 할 마음의 준비를 서서히 해야 한다.

90세 졸수(卒壽)가 되면, 인생의 무상한 그림자를 스스로 보고, 그로 인한 후회와 아픔 없이 몸과 마음이 편안할 수 있어야 한다.

100세 상수(上壽)에 이르면, 자신이 원래 없었다는 무아를 알고 우주와 내가 본래 하나였음을 깨달아 초연함에 머물 줄 알아야 참으로 성공한 삶이라 할 것이다. 🌑

힘들게 흘린 땀방울
가치의 소중함

장마가 지나간 뒤의 삼복더위는 마치 찜통 속의 뜨거운 김을 연상하듯 더울 뿐만 아니라, 후덥지근하니 비 오듯 흐르는 땀을 무어라 말로 표현할 수가 없다.

올해는 장마를 비롯해 자연의 재해가 예년에 비해서 더욱 심한 듯하다. 세계적인 자연의 이상기후가 그렇기 때문에 그럴 수밖에 없겠지만. 아무리 더워도 그러려니 했던 생각들을 산산이 부숴버리는 것 같다.

이렇게 더운 날에도 길을 가다 보면 땀으로 범벅이 된 얼굴을 수건으로 훔치면서 건설과 도로 현장에서 일하고 계시는 노동자들의 힘든 모습을 어렵지 않게 본다. 도로변 자투리 공간, 해를 가릴 곳도 없는 모퉁이에 채소 몇 단 놓고, 손님을 기다리는 어머니들의 주름 사이를 파고드는 햇살이 안타깝기만 한 시장풍경도 있다.

하루하루를 살아가야 하는 우리, 그래도 열심히 노력해야만 살아갈 수 있기에 인내할 수밖에 없는 삶의 현장을 바라보는 마음은 착잡하기만 하다.

그러나 어디를 봐도 힘들고 거친 노동을 하는 젊은이들은 보이지 않는다. 오히려 연세 드신 분들이 많음을 보면 의아한 마음이 든다.

예전에도 한 번 했던 말이지만, 요즘 젊은이들은 너무 나약해서 힘들고 위생적이지 못한 일은 기피하기 때문에 그렇다고 한다. 나이 든 사람의 입장에서 바라볼 때, 사회를 접하는 정신적인 문제가 심각하리만큼 무사안일주의인 것 같다.

마치 뼛속에 있어야 할 근육이 하나도 없는 듯 무기력하게만 보인다. 자신이 스스로 일하지 않으면 살아갈 수 없다는 것을 모르지는 않을 텐데.

저만치 한가득 실어도 얼마 되지 않는 값의 폐박스를 조그만 리어카에 싣고 멈출 듯 휘우듬하여 쓰러질 것 같은 걸음걸이로 가시는 분이 있다.

뜨거운 햇살을 비웃기라도 하듯 연신 땀을 훔치며 가다가 힘들면 리어카를 도로변에 잠시 세워놓고 주위를 두리번거리며 땀을 닦는 모습이 힘든 것 같지만, 당당한 삶의 모습에서 이천오백 년 전, 왕자의 몸으로 모든 것을 훌훌 벗어던지고 감히 그 누구도 범접할 수 없는 초연한 모습으로 중생을 교화하시던 부처님의 모습을 생각해 본다.

힘들게 흘린 땀의 가치가 얼마나 소중한 것인지 일하는 것은 나쁜 것이 아니라는 것을 우리 젊은이들이 보고 배웠으면 정말 좋겠다. ❀

여보게! 자네는 지금 어디로 가고 있는가?

눈물은 마르지 않는
사랑의 옹달샘이다

'사랑은 눈물의 씨앗'이라는 말은 대중가요의 노래 제목이다. 일반적으로 사람들은 그렇게 알고 있을 뿐만 아니라 당연한 것처럼 말하고 있다.

물론 사랑이 깊을수록 이별을 비롯한 애틋한 정으로 인한 아픔들을 많이 겪음으로써 사랑하면 할수록 상처 또한 클 수밖에 없다. 사랑함으로써 겪게 되는 아픔은 눈물의 씨앗이 되어 긴 세월을 두고 몸과 마음속에 남아있다는 것도 알 수 있다.

그러나 세상사를 그렇게 단편적으로만 생각하면 곤란하다. 예를 들어 '사랑은 눈물의 씨앗'이라는 논리를 그대로 적

용한다면 '성공은 실패의 씨앗'이 되어야 옳다. 그런데 '실패는 성공의 밑거름'이라고 한다.

이 얼마나 긍정적인 생각인가. 이처럼 우리가 세상을 사는 동안 아무런 부담 없이 공유하고 자기 자신에게 더욱더 활기 찬 자생능력을 발전시킬 수 있는 것은 바로 긍정적인 사고다.

이렇듯 긍정적인 사고와 부정적인 사고는 각자 마음 그릇에 따라 달라질 수도 있겠지만, 세상과 현실의 삶을 접하고 바라보는 관점에 따라서도 달라질 수 있다.

굶주림을 비롯한 불우한 어린 시절을 보낸 사람이 어른이 되어 자식을 낳게 되면 자신의 불우했던 어린 시절과 같은 어려움을 대물림하지 않기 위해 최선의 노력을 다해서 가족을 부양할 것이다.

이것이 지난날 우리 부모님들이 힘든 삶 속에서도 좌절하지 않고 잘 사는 나라를 만들어 놓은 오늘날 삶의 표본이다. 그러니 우리는 이처럼 쉽게 말하고 넘길 수 있는 의미 없는 말 한마디도 가볍게 해서는 안 된다.

상대의 감성을 자극하는 독이 되는 달콤한 말 한마디는 정말 나쁜 것이다. 비록 달콤하지 않은 말이라도 시간이 흐를수록 삶의 활력소가 될 수 있는 말 한마디를 서로 주고받을 수 있다면 참으로 좋은 것이다. '사랑은 눈물의 씨앗'은 아픔이라는 맺음을 생각하게 되지만, '눈물은 마르지 않는 사랑의 옹달샘'이라 생각하는 순간부터 미래의 아픔을 극복하고 희망찬 내일의 행복을 향해 나아가게 될 것이다.

말은 마음의 소리요, 행동은 마음의 자취이며 흔적이라 했다. 감성을 접목한 부정적인 말 한마디는 달콤하지만, 바람에 잠시 흔들리는 어리석은 이들의 세 치 혀끝 장난에 불과하다.

그러나 지혜로운 이의 긍정적인 말 한마디는 절대불변의 소중한 말씀임을 잊어서는 안 된다. 🌰

까치밥도 밥이기에

무 배추 시래기 한 무더기 깔고
보리쌀 백미 한 홉으로 밥을 한다
세 살 여동생 쌀밥
여섯 살 남동생 쌀 보리밥 섞고
아홉 살 남동생 시래기의 보리밥
어머니와 나는 시래기뿐이다
굶기를 밥 먹듯 한 열두 살 소년에게

늦가을
어머니 손에 붉은 까치밥은
바라볼수록 침샘 가득 입맛을 재촉하고
흔들리는 가지 위에 살포시 내려앉은
까치가 먹는 홍시를 함께 먹는다
초겨울 바람 추위에 떨지만
배고픈 소년에게는 까치밥도 밥이기에
여린 나뭇가지에 앉은 까치가
가슴 저리도록 부럽다.

여보게! 자네는 지금 어디로 가고 있는가?

마치 술에 취한
사람처럼

누구나 넓은 우주의 텅 빈 공허함 속에서 바람으로 흐르다가 인연 따라 한 방울 미진의 이슬로 어머니 뱃속에 스며 태어났다. 생이란 이름으로 순간순간 삶의 현실에서 그 누구 할 것 없이 삶이란 본능적 행위의 노력과 함께 최선을 다하고 있다.

어쩌면, 그러한 삶의 옳고 그름에 따라 얻게 되는 성공과 실패보다 살아 숨 쉬며 생존해 움직이고 있음이 더 중요한 것인지도 모른다. 어쩌면 마치 술에 취한 사람처럼 아무것도 모른 채, 실체 없는 세월이란 흐름에 이끌려 이른 곳이 지금, 이 순간 자신이 서 있는 자리인지도 모른다.

한 올 한 올 바느질하듯 돈과 명예 성공이란 매듭을 만들며 달려온 지금, 뒤돌아보면 시간 따라 변하는 허상 같은 물질과 흔적 없는 허황한 이름만 있을 뿐 영원히 남아있는 것은 없다.

그러기에 '꿈과 희망' 성취란 형상 없는 가상적(假想的) 이름으로 그럴듯한 명분을 가지고 말하는 선욕적(善慾的)인 비움의 삶보다 악욕적(惡慾的)인 채움의 삶을 지향하는 것이 어쩌면 당연한지도 모른다.

다만 처음의 빈자리 텅 빈 공허함 속의 맑은 이슬 늘어난 주름 쇠하여 가물거리는 기억 속의 너울거리는 삶의 흔적들을 초점 잃은 심안(心眼)으로 돌아본다. 어느 것도 이것이 옳다 저것이 옳다고 단언할 수는 없다.

다만 할 수 있는 것은 언제부터인가 누구나 머무는 그 자리에는 희미한 그림자가 자화상처럼 자신의 흔적 지울 날을 기다리며 따르고 있을 뿐이라는 것이다. 의식주 그것 말고는 더 이상 필요한 것이 없는데 마치 천만년을 살 것처럼 헛된 욕망에 이끌려 허겁지겁 달려온 삶을 비웃기라도 하듯이 마치 술에 취한 사람처럼⋯ 🌑

244

여보게! 자네는 지금 어디로 가고 있는가?

인생은
새옹지마라 했다

매서운 칼바람에 온몸을 움츠린 채, 언젠가는 돌아올 따뜻한 봄을 기다리며 깊이 잠든 자연을 보며 한 생명이 태어나고 스러지는 동안 얼마나 많은 시련과 고통 속에서 인내할 수 있고 초연할 수 있느냐에 따라 삶의 성공 여부가 달린 것이다.

누구나 노력하지 않고 성공할 수 없고 열심히 일하지 않고 잘 살 수는 없다. 자신이 가고자 하는 곳 이루고자 하는 일, 그곳을 향하여 한 걸음 두 걸음 걷지 않고는 목적지에 도달할 수 없다.

삶이 무엇인지 인생이 무엇인지의 물음에 아직 확실한 답은 없다. 아니 있을 수가 없다. 사람의 지능과 지식. 그리고 세상 그 무엇을 동원하여 규명하려 해도 모든 생명의 종류와 수, 그리고 삶의 형태를 다 알 수는 없다. 그것은 모양과 생각뿐만 아니라 습관이 다르기 때문에 더욱 그렇다.

그뿐만 아니라, 인생이 무엇인가 하는 물음에 이것이라 하고 자신 있게 답할 수 있는 사람도 없을 것이다. 분명한 것은 이 세상 그 무엇도 똑같은 것은 없고 변하지 않고 영원한 것은 없다는 사실이다. 태어나면 언젠가는 다시 어디론가 돌아가야 하는 절대불변의 진리만 존재할 뿐이다.

오늘 가까운 노보살님 한 분이 깊은 잠에 드셨다. 나는 그간 생로병사를 많이 봐 왔다. 지병으로 모진 고통을 앓는 환자 본인, 바라보며 안타까워할 수밖에 없는 가족들의 모습이 대부분이었다.

그러나 이분은 자연이 사계를 따라 변화하는 과정을 그대로 보이듯이 몇 년 동안 자연으로 돌아가기 위한 순리에 따라 조금씩 변하는 과정을 거쳐 영혼의 고향 황금토를 찾아 편안하게 잠드는 모습을 보이셨다.

인생을 공수래공수거라고 했다. 이 말은 사람이라면 다 알고 있다. 그런데 지금 이 사회는 동서남북에 길이 보이시 않고 하늘의 해와 달이 빛을 잃은 듯하여 무척 혼란스럽다. 서로서로 해하려는 거짓과 진실이 이전투구 하는 현실이 너무 안타깝다.

이제 멀지 않아 칼바람은 꼬리를 감추고 따뜻한 봄기운에 산과 들에는 가지마다 새싹이 움트고 아름다운 꽃동산에 벌 나비 춤추듯 한가롭고 행복한 시간이 올 것이다.

그런데 '우리에게도 과연 그런 시간이 올 수 있을까?' 하는 마음으로 지난 세월을 돌아보며 아직 가시지 않은 칼바람의 끝자락 안고 뒤를 돌아본다.

옛 말씀에 인생은 새옹지마라 했다. 돌고 도는 수레바퀴처럼 우리에게도 반드시 행복 가득한 내일이 올 것이다. 아무쪼록 꿈과 희망을 잃지 말고 최선의 노력을 다하자. 🌑

우리 한마음으로
어려운 시기를 극복하자

해마다 상마철이 되면 기본적으로 비뿐만이 아니라, 크고 작은 태풍은 꼭 함께 지나가는 것으로 알고 있다.

며칠 전까지만 해도 태풍으로 인하여 전 국민이 불안한 하루하루를 보내야만 했다.

태풍이 오면 인명피해와 재산 피해는 말할 것도 없지만, 농민들이 애써 가꿔놓은 농작물도 큰 타격을 입게 될까 봐서 걱정이다. 그런데 올해 지나간 힌남노 태풍은 그 세력이 사상 최대라고 하여 모든 국민들이 두려움에 떨었다.

방송에서 볼 때, 부산 여수 등에는 태풍이 지나갈 때 웬만

여보게! 자네는 지금 어디로 가고 있는가?

한 집도 차도 다 날아갈 것처럼 사상 최대의 태풍이라고 했다. 그런데 너무 큰 걱정을 한 탓인지 생각보다 조금은 다행스럽게 지나간 것 같다. 물론 큰 피해를 본 분들과 생명을 잃은 가족들을 생각하면 가슴이 먹먹하다.

언제쯤이면 비가 오고 태풍이 와도 아무런 걱정 없이 편안한 마음으로 일상생활에 올인할 수 있을지, 그것은 요원한 꿈인 것만 같다.

특히 추석을 앞두고 일어난 일이라 안타까운 마음은 이루 말할 수 없지만, 우리 모두 몸과 마음으로 어려움에 처한 분들에게 따뜻한 위로와 많은 관심을 가진다면, 보다 빠른 시간에 다시 삶의 활력을 찾을 것이다.

그러나 태풍은 언제 어디로 다시 올지 모른다. 이번에는 무사하지만, 그 어디에도 안전지대는 없다. 힌남노가 지나간 지 며칠 되지 않았는데 다시 태풍 12호 무이파가 북상하고 있다고 한다.

정부와 지방자치단체에서는 최선의 방법을 동원하여 태

풍 피해를 막으려고 노력하고 있지만, 자연의 힘에 대적할 수 있는 사람의 힘은 한계가 있음에 답답하기만 하다.

언제나 그랬듯이 어려운 일에 처했을 때, 우리 국민들만의 특별한 국민성이란 인정 문화가 있어 그나마 다행이라고 생각한다. 어찌 보면 모든 일이 각각 자기 일과 다를 바가 없기 때문에 편하고 한가할 때보다 힘들고 어려움에 처해 있을 때, 우리 모두 손을 내밀어 상부상조하는 마음으로 이 어려운 시기를 헤쳐 나가야 한다.

인생은 굴곡진 길과 같은 것이다. 지금 자연으로 인한 어려움에 처해 있다고 좌절하지 말고 돌고 도는 물레방아를 보며 배우면 된다. 인생이란 행복과 불행이 톱니바퀴처럼 맞물려 돌아간다는 것을 생각하면 쉽다.

오늘보다 더 나은 내일을 향해 우리 모두 할 수 있다는 신념을 가지고 전진하자. 그리고 우리 다시 한번 손에 손을 마주 잡고 한마음 한뜻이 되어 최선의 노력을 다하여 태풍으로 인한 피해와 경제적 어려운 시기를 슬기롭게 극복하자. 🌳

삶의 흔적은
얼굴에 나타난다

몸이 건강하더라도 연세가 드실수록 특별한 특징이 있다
면 대부분 같은 말을 반복하는 경우가 많다. 하지만 듣는 이
는 했던 말을 또 한다며 싫어한다. 특히 가족들은 그로 인해
정신적 스트레스를 받기도 한다.

그렇지만, 어르신들은 살아온 긴 세월 동안 겪어왔던 모
든 일을 경험한 입장에서 자손들에게 경각심을 주기 위한 것
일 수도 있고, 기억력 상실로 인하여 했던 말을 잊어버리고
다시 할 수도 있다.

물론 살아오면서 힘든 일을 헤쳐 나간 이야기나 성공에 대한 미담 아니면 은혜로운 덕담을 많이 한다면 자손들에게 도움이 될 것이다. 그렇지만 좋지 못한 과거의 기억을 곱씹 게 된다면, 그것은 교육적으로 자손들에게 이로울 수가 없는 것이므로 삼가는 것이 좋을 것이다.

길을 가다가 그늘이나 양지쪽에 삼삼오오 앉아서 쉬고 계 시는 어르신들을 보면 똑같은 연세에도 비록 깊게 팬 주름에 온화하고 평온한 얼굴이 있는가 하면, 연세에 비해 늙시는 않았는데 바라만 보아도 두려움과 위압감을 주는 흉한 모습 으로 늙으신 분들이 있다.

그러한 모습에서 우리는 그분들이 어떤 마음가짐으로 세 상을 살았는지 알 수 있을 것이다. 대부분 일상에서 경쟁심 이 지나치면 몸과 마음이 항상 공격적으로 변하기 때문에 강 렬한 에너지가 발산하여 상대가 볼 때 포악한 성격의 소유자 로 오해를 받기도 한다.

불평불만이 가득하면 말 한마디에도 부드러운 말이 나오 지 않게 된다. 누군가를 의심하게 되면 무엇인지 알 수는 없지만, 주위를 살피게 되며 하는 일이 잘못되어 절망하게 되면 눈빛에 힘을 잃게 되고 어깨가 처진다.

공포심에 시달리며 살아오신 분들은 잠자리에서도 그 순간의 악몽에 시달리게 된다. 이처럼 좋지 못한 일상의 모든 일은 마음의 독으로 남아 몸을 통해 습(習)이 되어 말과 행동으로 나타나기 때문에 얼굴이 심하게 일그러지게 되는 것이다.

그러나 있고 없음에 상관없이 낙천적인 성격으로 항상 여유로운 마음을 가지게 되면 쫓기는 마음이 없어진다. 잠시 스쳐 지나는 짧은 인연도 사랑하는 마음으로 대하면 다른 사람과 얼굴을 붉힐 이유가 없게 된다.

설사 누군가 잘못을 했다 하더라도 넓은 아량으로 상대를 이해하고 용서한다면, 이 또한 서로가 다툴 이유가 없게 될 것이다. 그러므로 나이가 들수록 더욱더 자애롭고 우아한 모습이 된다.

노년이 되면 이러한 삶의 모든 습관이 그대로 굳어서 얼굴로 나타나게 되는데, 늙는 것이 안타까워 주름을 없애고 여기저기 성형을 하는 분들이 있지만, 이제 황혼의 문턱에서 뒤돌아보니 마음 씀씀이가 변하지 않으면 절대로

살아온 자기 삶의 성향적인 얼굴은 변하지 않는다는 것을 알아야 한다. 🌼

정약용 선생의 시조
독소(獨笑)

배경만 보는 세상. 요즘이 그런 세상이다. 겉모습만 보고 모든 것을 판단한다. 그러니 인격보다 돈이 많아 겉치레만 화려하면 된다. 무엇을 해서 부를 얻었는지 어떤 인성의 소유자인지 자신의 인격이 노출되기 전까지는 존중받는 세상이다.

옛 선조들께서는 비록 물질적 삶은 어려웠지만, 정신적 삶은 오히려 풍류와 여유가 있었다. 따지고 보면 개도 물어가지 않는 종이쪽에 불과한데 요즘 사람들은 목숨 걸고 그것을 얻으려고 사력을 다한다.

그러니 선조님들의 여유 있는 정신적 삶에는 비교 자체가 불가능하다. 이에 조선 정조 시대 실학자 다산 정약용 선생께서 유배지에서 쓰셨다는 시조 '독소(獨笑)'를 소개하고자한다. 인생이란 삶에는 정답이 없고 두루 공평하다는 메시지를 전한 이 시조는 요즘 세태를 예언이라도 한 것 같아 참으로 마음이 숙연해진다.

어느 가정이나 부귀영화를 누리는 집안에서 자식이 귀하거나 병약하여 단명하는 경우가 많음을 볼 수 있다. 그러나 가난한 집은 자손이 많아 배고픔에 시달리지만, 건강하고 화목하여 담장 너머에 항상 웃음소리가 끊이지 않는다고 하였다.

이는 행복이 물질에 있는 것이 아니라는 말씀이다. 그리고 벼슬이 높거나 권력의 힘을 가진 자는 그 힘이 영원할 것이라 믿고 있는 것이 어리석은 것이며, 똑똑하고 재주 있는 자는 주위의 시기 질투로 인해 오히려 그 재주를 피우기가쉽지 않다고 하셨다.

그러므로 어느 가정이나 원만한 재물 복을 두루 갖추기는 어렵고 지극한 도(道) 또한 때가 되면 쇠퇴하기 마련이라 했다. 그뿐만 아니라, 부모가 허리띠 매고 재산을 모으면 자손들은 방탕하기 쉽고 아내가 지혜로우면 남편은 바보스러운 경우가 많다고 했다.

자연도 마찬가지로 보름달이 뜨면 구름이 자주 끼고 꽃이 활짝 피면 그것을 시샘하여 바람이 분다고 했다. 세상일이란 이런 것이니 내가 홀로 웃는 까닭을 누가 알아줄까 하는 홀로 웃음이 아닌 허탈함 속의 순리에 따르는 마음을 노래한 정약용 선생의 시조 '독소(獨笑)'다.

우리 모두 다시 한번 되새겨 보자.

유속무인식(有粟無人食)
살림이 넉넉하여 양식 많은 집엔 자식이 귀하고,

다남필환기(多男必患飢)
자식 많은 집엔 가난하여 굶주림이 있다.

달관필창우(達官必戇愚)
높은 벼슬아치는 꼭 멍청하고,

재자무소시(才者無所施)

재주 있는 인재는 재주 펼 길이 없다.

가실소완복(家室少完福)

집안에 완전한 복을 갖춘 집은 드물고,

지도상능지(至道常陵遲)

지극한 도는 항상 쇠퇴하기 마련이다.

옹색자매탕(翁嗇子每蕩)

부모가 절약하여 재산을 모으면 자식들은 방탕하고,

부혜낭필치(婦慧郞必癡)

아내가 지혜로우면 남편은 바보짓을 한다.

월만빈치운(月滿頻値雲)

보름달 뜨는 날은 구름이 자주 끼고,

화개풍오지(花開風誤之)

꽃이 활짝 피면 바람이 불어 댄다.

물물진여차(物物盡如此)

세상일이란 모두 이런 거야,

독소무인지(獨笑無人知)

나 홀로 웃는 까닭을 누가 알아줄까. 🌼

아! 인생이여

　사람으로 태어나서 지금까지 바람이 불면 부는 대로 비가 오면 비를 맞으며 순리에 순응하며 살아온 세월이 어느덧 반백 년이 지났다. 그렇게 살아오는 동안 몸과 마음의 쓰리고 아픔을 무수히 겪으며 오늘에 이르렀다. 그렇게 많은 아픔은 모두 행복이란 나의 작은 성 하나를 쌓기 위한 피나는 노력의 작업이었음을 알았다.

　사람은 누구나 잘나고 못나고 부귀 빈천과 관계없이 행복을 찾아서 앞만 보고 간다. 그러나 그 누구도 더 이상 바랄 것도 누릴 것도 없이 행복하다는 사람은 보지를 못했다. 어쩌면 사람들은 탐욕심이 그 원인이라는 것을 알고 있으면서 어리석음을 헤어나지 못하고 있는 것이리라.

아무도 채우지도 못하고 채운 적이 없는 행복이란 작은 그릇 하나를 채우기 위한 것이 삶이란 것을 알기까지는 긴 시간이 걸린다. 인생이란 길 잃은 나그네처럼 보이지 않는 세월이란 끈에 묶여 끝을 알 수 없는 미로 속에서 헤매는 것이다. 그러다 어느 날인가 허무한 생을 마치지만, 삶과 죽음 앞에선 그 누구도 초연할 수가 없다.

그러기에 우리는 어리석음을 벗어나서 지혜가 있어야 한다. 무심하게 보고 접하는 사계(四季)를 보면서도 자연이 순리에 어떻게 순응하는지 살펴야 한다. 봄이 되면 만물이 소생하고 여름이 되면 산천초목은 활기가 넘친다. 그러나 가을이 되면 푸르던 잎새들은 메마른 몸으로 앙상한 가지만 남겨 두고 스스로 자연으로 돌아간다.

관심 없던 이름 모를 풀꽃이 더욱더 아름답게 보이고, 서산에 지는 노을이 가슴 저리도록 곱게 보이는 것은 영혼의 초췌한 그림자가 언젠가는 스러짐을 알기 때문이다. 이렇듯 머리에는 하얀 이슬이 내려앉고 이마에는 주름이 는다. 몸은 기력을 잃고 정신은 희미해져 갈 즈음, 지난날을 후회해도 소용이 없다. 생(生)과 사(死)는 선택의 문제가 아니기 때문에 더욱 그렇다. 🌸

인연의 흐름 따라
살고 있는 삶

인연은 자기 생각과 뜻대로 할 수 있는 것이 제한적이듯, 만나고 헤어지는 것도 마음대로 할 수 없고 예측 불가다. 한평생을 사는 동안 만남과 이별은 헤아릴 수 없을 만큼 많다. 대부분 그런 일들이 바람이 불어 스치듯 예측할 수 없는 가운데 이뤄진다.

바로 이러한 인연이 평생 일상적인 생활과 삶의 중요한 일부분이 된다. 물론 성공과 실패의 원인도 인연의 작용에 따라 결정되는 경우가 많다. 자연 속의 물. 불. 바람처럼 마치 일상에서 필요한 어느 한 부분일 수도 있으므로 만나고 헤어질 때마다 순간순간의 처신에 신중해야 한다.

좋은 관계는 취하고 나쁜 관계는 끊고, 이익에 손을 내밀고

여보게! 자네는 지금 어디로 가고 있는가?

손익(損益)에 무 자르듯 한다면 반드시 그로 인한 순리의 흐름에 의하여 또 다른 악연(惡緣) 앞에 서게 되는 곤란을 초래할 수도 있다. 좋은 인연을 만나거나 맺으면 좋겠지만, 어느 한쪽이 원한다고 그렇게 될 수 있는 것은 아니다. 다만 일상의 생활에서 삶의 심성(心性)과 방법에 따라 보다 많은 선연(善緣)과의 인연을 맺고 끊어짐이 많을 수도 있다.

인연은 자신이 인위적으로 만드는 것이라기보다 보이지 않는 운명적 흐름에 따라 살아 숨 쉬는 공기처럼 천연(天緣)으로 볼 수 있다. 그러나 어떠한 경우라도 맺고 끊는 것은 자신의 처신에 따라서 이뤄지는 것이기 때문에 말과 행동이 참으로 중요한 것이다.

불교에서는 이러한 인연을 전생과 연결된 '업(業)'이라는 이름으로 설명하고 있다. 인연의 연결고리는 거미줄처럼 우주를 꽉 채워 그 누구도 연결되지 않음이 없다.

다만 아직 만날 때가 되지 않았을 뿐이다. 인연의 흐름 따라 만나고 헤어짐을 반복하며 사는 삶은 무한하여 끝이 없다. 다만, 구르는 굴렁쇠를 어떻게 굴리며 살아야 하는가 하는 것이 관건이다. ☯

여보게! 자네는 지금 어디로 가고 있는가?

4

행복과 불행

마음먹기에
달라지는 삶

좋게 생각하면 좋게 보이고
나쁘게 생각하면 나쁘게 보이듯이
긍정적인 생각이 행복을 부르고
부정적인 생각이 불행을 자초한다.

이제는
알 것 같다

우리는 모두 어머님의 몸을 의탁해 칠흑 터널을 지나 고고성으로 세상에 태어났다. 어눌한 손짓과 발짓 옹알이를 시작으로 한 걸음 두 걸음 내디딘 걸음마는 마침내 삶이라는 백지에 희로애락에 의한 행불(幸不)의 사연을 쓰고 아름다운 그림을 그린다. 배고프면 밥 달라 보채고 추우면 추위에 떤다. 병들어 아플 때는 신음이 구슬프고 외로울 땐 이슬 맺힌 눈망울이 애처롭다.

낮과 밤을 쉼 없이 일하여 얻고 채움을 반복해도 채워지지 않는 마음 그릇의 허전함이 언제나 괴로움으로 다가온다. 비워야 담을 수 있고 행복할 수 있다는 단순한 진리를 망각

여보게! 자네는 지금 어디로 가고 있는가?

한 채, 오늘도 끝없이 채우려고만 한다.

그렇게 어리석은 욕심의 몸과 마음은 점점 어둠 속을 파고들면서 티끌도 과분하여 보이지 않는 먼지처럼 미진의 존재로 희미해진다.

그러나 낮이면 밝은 해가 있고 밤이면 반짝이는 별과 달을 품어 안은 꿈과 희망이 있어 행복하다. 부모가 준 몸으로 보고 듣고 생각하고 말하며 움직일 수 있음이 너무나 행복하다. 한 잔의 물도 적다고 생각하면 불행하지만, 반 잔의 물이라도 만족함을 알면 행복하다. 부족함을 채우기 위해 건강한 몸으로 열심히 노력하는 것도 행복이다.

다른 사람의 아픔도 자신의 아픔으로 알면 그것은 참으로 행복한 삶을 사는 것이다. 내가 있어 네가 있고 네가 있어 내가 있다는 것에 감사할 줄 알면 세상은 장엄한 아름다움으로 넘칠 것이다. 그렇게 핀 아름다운 꽃향기는 혼탁했던 사람들의 영혼을 맑게 해 주어 꿈속에서도 행복할 것이다.

암울한 굴곡의 긴 터널을 지나면서 해진 옷 닳은 신발을 내려다본다. 이제는 알 것 같다. 배가 고플 때 먹을 밥이 있고 추울 때 입을 옷이 있어 행복하다는 것을, 몸이 아플 때 치료할 약이 있고 마음이 괴로울 때 가족과 이웃, 그리고 좋은 벗이 있어 행복하다는 것을, 자신의 존재감과 채우기만 하려는 마음 비움이 바로 행복이라는 것을, 이제는 알 것 같다.

호롱불이 밀려난
자리의 행복

1953년 이후에도 마을 어귀 옹달샘이나 중심부에 있는 우물에서 어머니들은 항아리에 물을 담아 이고 나르며 식수를 해결했다. 그뿐 아니라, 밤에는 기름(석유)을 담아 심지를 이용한 호롱불이 어둠을 밝히는 유일한 방법이었다.

희미한 기억으로 김천 원곡(원골) 큰 마을과 양지마을에 전기가 들어온 것은 1960년경으로 생각된다. 관직에 몸담고 계시던 아버지의 노력으로 마을에서 처음 우리 집에 30와트 백열등이 밝혀졌다.

그날 동네 사람들은 우리 집에 모여 전깃불이 얼마나 밝고 신기한 것인지 놀라던 모습을 지금도 잊을 수가 없다. 모두가 긴장했다가 불이 밝혀지는 순간 환호성을 질렀다. 어떻게 이럴 수가 있느냐고 서로 부둥켜안고 깡충깡충 뛰는가 하면 색 바랜 옥양목 저고리 옷소매로 눈물을 닦던 모습들이 눈에 선하다.

요즘은 천상세계를 능가하는 주방에서도 힘이 든다고 불평불만의 여성들이 많다. 그러나 전기가 들어오지 않던 1950년대 말까지도 끼니때마다 마르지 않은 청솔나무 가지에 불을 붙이느라 눈물 콧물 범벅의 얼굴로 밥을 지으면서도 어머니들은 불만이 없었다.

호롱불이 밀려난 자리에 밝혀진 백열등이 마냥 신기하여 얼굴을 꼬집어보기도 하고 밤잠을 이루지 못했던 어머니의 모습이 지금도 생생하다.

부족함이 없는 행복에도 오히려 불만을 노래하는 오늘날 사람들의 마음은 무엇이 기준인지 알 수 없다. 암울함 속의 힘들었던 그 시절을 잊어서일까 아니면 끝없는 과욕일까, 속 담처럼 서면 앉고 싶고 앉으면 눕고 싶고 누우면 자고 싶은 욕심 때문일까.

270

시절이 혼탁하고 너무 각박하다. 이제는 만연된 개인주의로 공생 공존의 행복 추구 사회가 무너지고 있다. 이제 여기서 멈추자. 계속 이기적인 누림만 추구했다가는 모두에게 크나큰 상처와 돌이킬 수 없는 후회만 남게 될 뿐이다.

모두 마음을 가라앉히고 뒤를 한번 돌아보자. 힘들게 걸어왔던 지난날의 상흔들이 어떤 아픔이었는지를, 그리고 지금 얼마나 행복한 삶을 살고 있는지, 한번 비교해 보자. ☀

비목(碑木)

아무도 찾지 않는

푸섶길 비탈진 곳

밤이슬 여린 눈물

고요마저 숨이 멎어

임의 가슴 쓸어안고

홀로 우는 비목(碑木)이여

한 많은 생의 옷자락

달빛으로 잠재우고

허허로운 이 세상

얽히고설킨 사연

매듭 엮인 삶의 몽우리

비목으로 꽃 피우리.

여보게! 자네는 지금 어디로 가고 있는가?

살아있음의 존재가
바로 행복

마음 그릇의 혼탁함으로 사고(思考)가 방향을 잃으면 푸른 바다의 한가로운 넘실거림도 거센 쓰나미로 인해 한순간에 부서지는 것처럼 모든 꿈과 희망은 사라진다.

그때는 돌이킬 수 없는 불행의 늪에 빠져 허우적거리게 된다.

일본을 보라. 지진과 태풍 쓰나미의 무서운 파괴력으로 겪는 고통을 그것을 남의 일이라 생각하고 자연과 함께 더불어 살아가는 노력을 하지 않는다면, 혼탁한 사고로 삶의 인격과 소양을 잃고 방일(放逸)한다면, 그 결과는 구태여 설명하지 않아도 뻔하다.

부족하다고 불행한 것이 아니고 넉넉하다고 행복한 것도

아니다. 실패했다고 불행한 것이 아니고 성공했다고 행복한 것도 아니다. 못났다고 불행한 것이 아니고 잘났다고 행복한 것도 아니다.

행복은 성공과 실패, 부와 가난 등 외형에 있는 것이 아닌 자신의 마음속에 있다. 적으면 아직도 이만큼이나 있구나! 하는 마음으로 최대의 노력을 하면 된다. 항상 만족할 줄 아는 마음으로 방일하지 않고 더욱더 노력하면 된다.

그 안에서 주변의 인연에 감사하는 마음으로 지킴과 베풂을 실천하면, 이것이 진정한 행복 누림이다. 산을 넘고 물 건너 가시밭 지나 비탈진 삶의 길이 힘들다고 하지만, 그것은 살아있는 존재적 행복임을 알아야 한다.

이처럼 추운 겨울을 이겨낸 만물이 생기 넘치는 봄을 맞 듯 행복한 삶을 위해서는 어려움 속에서도 끝없이 노력해야 한다. 행복은 성공과 실패, 부와 가난 등의 외형이 아니다. 그것은 고난을 극복하는 마음속에 있기 때문이다. 천지가 생 동하는 봄, 가지마다 피어나는 꽃처럼 건강한 몸과 마음의 행복을 위해 근면과 성실의 물을 주자. ☀

세찬 바람과 시련은
행복의 원동력

　우주에는 공기가 가득하다. 보이지 않기 때문에 눈으로는 있는지 없는지 알 수 없지만, 우리가 호흡하는 것만으로도 있다는 것을 느낀다. 나뭇잎이 흔들리고 옷깃을 스치는 것을 느낄 때도 바람이 분다고 한다. 없는 듯 고요한 공기의 실바람 산들바람 회오리 등 많은 바람이 있다. 숨 쉴 수 있는 바람이면 족한데 무엇 때문에 이렇게 불필요한 바람이 부는 걸까.

　태풍이 불면 바다와 육지에서 많은 재해 발생으로 정신적 물질적인 손실을 본다. 그렇지만 태풍이 일어나지 않고 일 년 이 년 물이 잔잔하다면 아무리 염분을 지닌 바닷물이라도 오염이 될 것은 분명하다. 그러나 태풍의 힘으로 파도를 일으켜서 위아래를 한 번씩 뒤집게 되면 바다뿐만이 아니라 모든 자연이 대청소를 하게 된다. 그러나 태풍이 일어남으로써 자연과 우리의 삶은 어려움이 많고 물질적 손실도 크다. 이처럼 우리의 삶도 육체적 정신적으로 보이지 않는 시련의 태풍이 만만치 않다. '시련의 세풍(世風)'을 좋아할 사람은 이 세상 아무도 없다. 예외 없이 누구든 견디기 힘든 고통스러운 것은 피하고 싶을 것이다.

더구나 운명의 세풍(世風)으로 인한 고난은 앞을 예측할 수 없기 때문에 사람들은 종교(宗敎)를 신행(信行)함으로써 세풍(世風)을 피해 가기 위한 모든 방법을 동원한다. 그러나 과연 그것이 능사(能事)일까. 그렇게만 생각하면 안 된다. 바다와 육지가 태풍을 통해 새 활력의 생명을 누리듯 사람도 모진 시련을 통하여 보다 더 강인하고 행복한 삶을 영위할 수 있는 계기를 마련하면 된다.

'비 온 뒤에 땅이 더 굳어진다.'는 속담처럼, 오늘보다 더 나은 미래의 성공적 삶을 개척하려면 순풍이든 태풍이든 바람을 맞지 않고는 불가능하다. 뜨거운 사우나에서 '어! 시원하다.' 하듯이 어떤 바람이든 피하지 말고 당당하게 맞으며 헤쳐 나가야 영원한 행복의 원동력을 얻게 될 것이다. 🌐

여보게! 자네는 지금 어디로 가고 있는가?

수박 한 쪽의
행복

넉넉함보다 부족한 듯할 때 무한한 행복을 느낀다.

여름이 더운 것은 당연하다. 불쾌지수뿐만 아니라 일상생
활이 온통 땀이다. 움직이지 않아도 흐르는 땀을 주체할 수
가 없다. 땀을 많이 흘리는 사람은 더욱더 고통스러울 것이
다. 이글거리는 태양 아래 건설노동자, 도로에서 막노동하는
분들을 바라보면서 많은 생각에 잠긴다.

섭씨 37도 생각만 해도 덥지만, 이열치열이란 말을 생각
하면서 북한산 초입을 오른다. 숨이 막힐 듯 후덥지근한 습
도를 안은 바람이 불지만, 얼마 오르지 않아서 땀은 얼굴과
등줄기를 타고 흘러 겉옷까지 젖었다.

사람과는 다르게 산속에서 서식하는 풀과 나무들은 나름대로 삶의 방식을 터득이라도 한 듯하다. 실바람에도 어서 오라 손짓하며 부르는 것이 조금 지친 것 같긴 하지만, 전혀 더위를 느끼지 않는 것처럼 보인다. 간혹 나비와 잠자리가 더위를 피해 꽃과 나뭇가지를 찾는 모습이 보인다.

어쩌면 삶이란 사계를 반복하는 처절한 전쟁인지도 모른다. 그렇게 해마다 겪어야 하는 일상이지만, 매년 힘들게 느껴지는 것은 알 수 없는 일이다. 산 중턱을 올라 시가를 바라보는 성취감은 오를 때와는 사뭇 다르다. 더위에 지침보다는 상쾌함마저 느끼며 조금 남은 에너지를 온몸 풀기로 충전한다. 생(生)과 삶, 그리고 행복을 생각하면서….

푸른 하늘에 흰 구름은 한가롭고 녹색 가득한 산속에 보일 듯 말 듯 작은 벌레들의 일상이 분주하다. 수줍은 듯 나뭇잎 속에 숨은 새들의 작별 인사를 뒤로하며 산에서 내려오다 보면 다시 땀범벅이 된다.

흐르는 땀을 닦으며 물 대신 먹는 수박 한 쪽. 한순간에 더위를 식혀주는 수박 한 쪽이 말로는 표현할 수 없을 만큼 행복을 느끼게 할 줄은 정말 몰랐다. 🌑

페미니즘의
아름다운 꽃은 어디에

　　이른 봄부터 한여름 땡볕, 땀을 흘리며 일했던 무더위가 가고 찬바람이 돌면서 단풍이 물들고 곡식과 과일이 익는 계절, 어느덧, 하늘이 맑고 모든 것이 풍요로운 가을, 행복 가득한 천고마비(天高馬肥)의 계절이 되었다.

　　어릴 적 기억 속 자연의 모습은 어디를 봐도 논과 밭곡식이 풍요로우면 부모님 얼굴에는 웃음꽃이 가득했다. 또한 명절인 추석(仲秋節)이 있기에 삶의 터전으로 인하여 멀리서 살고 있던 가족들이 모여 서로의 안녕을 묻고 미래의 꿈과 행복을 공유한다.

한 해 동안 열심히 땀 흘려 지은 햅쌀과 과일로서 조상님 전에 올리는 차례상은 물질과 정신적 행복 그 자체였다.

요즘은 다르다. 상상할 수도 없는 젊은이들 삶의 방식을 보며 시대가 변했다고 한다. 물론 시대적 상황도 있지만, 그보다는 남녀노소를 불문하고 사람의 사고가 변한 것이 아닌가 싶다.

특히 우리나라의 민속석 문화는 여성이 결혼하게 되면 시가에 한 가족위 일원이 됨을 영광으로 생각했다. 그리고 집안 대소사의 일에 물질적 정신적으로 함께 했다.

물론 가부장적인 남성들의 그림자처럼 내조하며 살림과 자손들 양육을 당연하게 받아들임으로써 어머니들의 삶은 무척 힘들었다.

해마다 명절과 시가의 대소사가 있을 때면 요즘은 이혼율이 급증하는 것을 본다. 이유를 보면 여성은 전혀 문제가 없고, 모든 것이 남편과 시집에 문제가 있다고 한다.

여보게! 자네는 지금 어디로 가고 있는가?

언론과 방송을 보면 사랑해서 결혼한 것이 아니라는 생각이 든다. 일시적인 감정으로 어린아이들 소꿉장난처럼 생각하지 않았다면 남녀 모두 그러한 일로 이혼을 그렇게 쉽게 하지는 않는다.

태국에서 시집온 새댁이 시할아버지 묘소에서 묘를 깎으며 '여기가 할아버지 집이니 깨끗하게 해드려야 해요.' 하며 손으로 작은 풀까지 열심히 뜯는 것을 보며 생각했다.

우리나라 여성은 명절이 되면 시집에서 인권과 평등이란 명분으로 이혼하는데 외국 여성은 오히려 효의 문화와 자식의 도리를 실천하는구나, 하는 생각에 부끄러운 마음과 숙연함을 느낀다. 사랑은 받는 것보다 베풀 수 있는 사람이 더 행복하다는 것을 깨달을 때 비로소 진정한 사랑과 행복 누림이 가능한 것이다. ◉

홍시

한여름 외갓집 가면

외할머니의 온화한 미소에 끌려

뒷마당을 돌아 장독을 연다

소복이 쌓인 왕겨를 헤치면

깊은 잠에서 깨어난 갓난아기 볼처럼

빨간 홍시가 배시시 웃고 있다

해마다 여름이 되면

뒤 칸 마루에 앉아

한 술 두 술

입맛 함께 다시며 먹여주시던

외할머니의 사랑 속에 잠든

 홍시가 생각난다.

넉넉한 삶의
행복꽃을 그려보자

　행복! 행복은 누구에게나 자신의 마음속에 있다. 하얀 백지 위에 행복을 그리면 행복이 되고 불행을 그리면 불행이 되는 것이다. 주위의 작은 풀 포기 하나도 남이라고 생각하면 외롭지만, 가족이라 생각하면 외롭지 않다. 지금 이 사회는 상대에 대한 배려가 메말라 버린 사회가 되었다. 물질의 노예가 되어 버린 사회이므로 이미 인간성은 어디론가 없어지고 부와 명예 등, 보이지 않는 이름 하나에 목숨을 걸고 매달리는 묘한 세상이 되었다.

　인성이 아닌 물질 만능의 시대적 삶은 술에 취하듯 한 현실 앞에서 어느 세월에 자신의 죄업을 멸할 수 있을지 암울하다. 그렇지만, 아직도 우린 늦지 않았다. 지금부터라도 이 마음자리 하나 잘 점검하여 열심히 수행한다면 안 될 일은 없다. 예로부터 지금에 이르기까지 우리는 개개인 모두가 행복이라는 자신만의 완벽한 성 하나를 만들기 위하여 전력을 다해 앞을 보고 달려가고 있다.

그러나 자신의 마음자리 하나 다스리지 못한다면 모든 것이 어렵다. 물질과 명예 등을 소유하기 위하여 시기, 욕기, 음해, 질투를 일삼으며 불행의 성을 행복의 성으로 착각하면서 끝없이 달려가고 있다. 그러다 어느 날인가 거울 속의 자신을 보는 순간 머리에는 어느덧 하얀 이슬이 내려앉고 얼굴에는 주름살과 저승꽃이 핀 것을 볼 때, 그때는 이미 때가 늦었다는 것을 알아야 한다.

자기 삶이 불행의 성을 향하여 달려가고 있다는 것을 아는 순간 마음 한 번만 고쳐먹으면 스스로 의지에 따라서 얼마든지 행복할 수가 있다. 행복은 누가 가져다주는 것이 아니다. 하얀 종이 위에 마음속에 있는 그림을 하나하나 그리듯이 자신이 만들어 가지는 것이기 때문이다. 우리 모두 다 같이 꿈과 희망의 무지개로 물든 우주 삼라의 종이에 아름다운 행복을 한번 그려보자. 너도나도 함께 넓고 둥근 모남 없는 넉넉한 삶이라는 행복의 꽃을 그려보자. ✿

여보게! 자네는 지금 어디로 가고 있는가?

행복의 꽃 만개할
그날은 요원한데

    누구나 어렴풋이 떠오르는 자신만이 걸어온 그림자의 흔적들이 희미한 기억 속에 남아있다. 그것은 마치 안갯속에 가려진 듯 여울지는 아지랑이가 되어 피어오른다. 눈을 뜨거나 감아도 지난 흔적의 타래는 잠시도 주변을 떠나지 않고 순간순간 뇌리에서 맴돈다.

    어린아이 때부터 노년이 된 지금까지 번쩍이는 번갯불 같은 찰나의 기억들은 수를 헤아릴 수 없을 만큼 많다. 때로는 천진난만한 어린 시절과 불꽃 같던 정렬로 앞만 보고 달리던 청년기를 지나 중년을 넘어 지금에 이르기까지….

그렇게 살아온 인생이란 일상에서 자주 먹는 비빔밥과 같다고 생각한다. 한평생을 살아보니 절대적으로 행복하거나 불행하기만 할 수는 없기 때문이다. 그것은 이 세상에 살아 있는 모든 존재의 현실적인 삶의 모습이다. 삶은 희로애락이란 현실의 모습으로 다가와 비빔밥이나 실타래처럼 하나가 되어 뒤섞여 돌아가기 때문이다. 그런데도 불구하고 끝없이 갈구하고 있는 것은 오직 하나 성공이라는 명분의 영원한 행복이다. 이 얼마나 어리석은 바람인가 싶다.

밥도 반찬 없이 식사하게 되면 오히려 고통스러울 수 있다. 그러나 맵고 짜고 시원하고 달고 시고 등, 적당한 양념을 가미한 반찬과 함께 먹으면 밥맛도 좋고 건강하여 삶의 활력이 생기게 되는 것이다.

그렇듯 생(生)이라는 밥에다 행복도 한 접시 불행도 한 접시 기타, 시고 짜고 맵고 떫고 달콤한 여러 가지 삶의 요소들을 적당히 가미한다면 인생은 더욱더 행복한 삶이 될 수 있다.

사람들은 말한다. 돈이 많거나 명예를 얻어야 행복하다고 아니면 잘나고 건강해야 행복하다고 한다. 그러나 인생은 이거다 할 만한 정답이 없다. 행복도 마찬가지다.

어차피 한평생을 살아야 할 우리, 사랑도 미움도 아픔도 힘들고 고달픈 모든 일들이 삶이라는 밥상에 올려진, 여러 가지 반찬이라고 생각한다면, 그것을 어떻게 요리하느냐에 따라서 오히려 무한한 행복을 공유할 수 있다.

인생과 삶의 정의를 두고 그 누구도 '바로 이거야!'라고 확신할 수 없는 것은 사람마다 몸과 마음 감성까지 다르기 때문이다. 다만 살아 움직이면 삶이라 하고 숨이 멎어 흔적 없으면 죽음이라 한다.

그뿐인가 당당하게 세월을 말하면서도 그 누구도 그 모습을 본 적은 없고 잡을 수도 없다. 그냥 시간이 지난 후의 흔적에서 세월이 흘렀다고 말하는 것뿐이다.

바람에 날리는 나뭇잎처럼 폭우에 밀려 용솟음치는 한 알의 모래알처럼 그렇게 몸부림치며 흘러가는 우리들의 인생. 아름다운 향기 가득한 행복의 꽃 만개할 그날은 요원하기만 한데 마음 한번 돌리면 행복의 꽃향기 가득하건만, 오늘도 신기루 같은 행복의 늪을 찾아 허우적거리고 있다. 🌀

부족한 듯해도 만족할 줄
알면 행복하다

　백세시대. 아니 멀지 않은 장래에 백오십 세 시대가 오지 말라는 법은 없다. 그만큼 의학이 발달함으로 해서 사람들의 수명은 늘어나고 있다. 그로 인해 출생률은 낮고 노령인구는 늘어나는 것이 사회적 문제가 될 수밖에 없는 것도 현실적인 어려움이다.

　오래 산다는 것은 인생을 살 수 있는 시간이 많다는 것을 의미한다. 그렇지만, 짧으면 짧은 대로 길면 긴 대로 삶의 의미가 부실하다면 목숨이 붙어있어 살아있는 시간이 아무리 긴들, 그러한 인생은 아무런 의미 없는 인생이 될 수밖에 없다.

여보게! 자네는 지금 어디로 가고 있는가?

사람은 꿈과 희망으로 자신의 육체적 정신적인 무한한 발전을 이루어 많은 것을 성취하려고 한다. 그러나 마치 식물인간처럼 숨만 쉬고 눈을 깜박이며 하루 삼시 세 끼 밥그릇만 축낸다면, 그러한 삶이 무슨 의미가 있겠는가. 작금의 시대는 그러한 삶을 사시는 분들이 적지 않음이 안타깝다.

과학적으로야 달나라를 가고 우주를 정복하겠다는 연구와 실험이 이루어지고 있지만, 사람이 사는 인간관계는 오히려 끈끈한 인정의 문화가 예전보다 더 쇠퇴해 감을 느끼는 것도 사실이다. 외적으로는 우주 삼라를 정복할 수 있을지 모르지만, 가장 중요한 인간관계는 냉혹함과 나만 잘되면 된다는 이기적인 생각으로 우리 안의 인간성은 상실해 가고 있다는 것을 하루빨리 깨달아야 한다.

그뿐만 아니라, 맑고 깨끗한 자연들이 물질문명의 발달이란 이름으로 혼탁해짐을 거듭하고 있다. 그로 인해 숨도 제대로 쉴 수 없고 이름 모를 질병으로 마스크를 써야 살 수 있을 만큼 심각한 상태에 이르렀음에도 모두가 자아의 성찰 없이 영혼마저 병들어 사람의 정도를 넘은 축생의 삶을 동경하여 자멸함을 스스로 선택하는 것 같아서 측은지심이다.

원자 분자를 쪼개고 미진수를 논하는 과학이 발달한다고 하지만, 자신의 마음속에 숨어있는 편견을 부수지는 못하고 있다. 그뿐만 아니라, 자신의 정신적 조절 능력도 없어 지나친 욕심으로 실바람 같은 유혹에 흔들림으로써 노력하는 열정보다는 쉽게 이루려는 한탕주의만 가득하다.

그렇게 헛꿈만 점점 커지고 소중한 '참 나는' 그림자 뒤에 짓밟혀 숨을 죽이고 있음이 먼 훗날 우리들의 미래가 될 수 있다는 것이 서글프다. 무엇을 위한 성공인지 돈과 명예 등 부도덕한 방법으로 얻은 이익은 많지만, 행복은 줄어들고 인간관계는 더 나빠지고 있다.

빠르고 편하고 쉽게 이룰 수 있는 모든 일상을 살면서도 여유로움 속의 평화는 찾을 수 없다. 마음은 오히려 찰나에 쫓기거나 끌려가면서 살고 있다. 생각해 보면 그것은 지각없는 저 나비가 불빛을 탐하여서 촛불에 날아드는 것과 같다.

조금 부족한듯해도 만족할 줄 알면 그 순간이 바로 행복이다. 끝없는 욕심에 끌려가다 보면 천 길 벼랑을 보지 못하고 내디딘 한걸음이 다시는 돌아올 수 없는 생의 마지막이 될 수도 있다. ◉

사람이 바로
행복의 주체다

    인생이란 긴 여정을 생각해 보면 태어나는 순간부터 모두 갖추고 있는 현실적 삶 속에 널브러진 행복을 사람들은 알지 못하고 있다. 오히려 알 수 없는 미래를 향해 지쳐 쓰러질 만큼 헉헉거리며 행복을 좇아가고 있는 것이 안타깝다.

    물론 개인적인 생각이 다를 수 있겠지만, 많은 사람에게 행복이 무어냐고 물어보면 행복에 대한 개념부터 다르다. 정신적인 행복을 찾는 사람과 물질적인 행복을 찾는 사람이 있는가 하면 명예를 얻으므로 행복하다고 생각하는 사람도 있다.

    더 나아가서는 건강한 몸과 잘생긴 얼굴에 사랑하는 사람을 만나거나, 생각하기에 따라 이루 말할 수 없을 만큼 많은 종류의 행복이 있다. 그러나 이러한 행복은 사람만의 일상적 생활과 삶 속에서 감성적으로 느끼고 있는 일부분의 행복일 뿐, 근원적인 참 행복의 모습이라고 할 수는 없다. 그것은 정신과 물질적인 삶 속의 환경적 변화와 그때그때 접하고 받아들이는 생각과 감정에 따라서 달라질 수 있기 때문이다.

이러한 행복은 마치 일고 스러짐을 반복하는 한 점 구름과 같고 덧없이 흘러가는 물과 같으며 귓불을 스치고 지나가는 바람과도 같은 것이기 때문이다. 따뜻한 봄이 되면 아름다운 꽃을 볼 수 있음에 행복을 느끼기도 하고, 그 향기를 맡을 수 있음에 무한행복에 취하기도 한다. 이처럼 행복은 정해진 때와 장소가 없다.

한여름 시골에서 농사를 짓는 농부나 건설 현장에서 힘든 노동에 땀이 비 오듯 하는 하루의 일과를 마치고 퇴근 후에 샤워하고 난 뒤, 식사 후의 꿀잠은 그 무엇과도 비교할 수 없고 말로는 표현할 수 없는 행복이 아닐 수 없다.

그러나 사람의 몸으로 태어난 우리는 이 세상에 태어나는 순간부터 행복이 함께 하고 있음을 알아야 한다. 예로부터 사람에게는 말과 글을 사용하여 서로 소통할 수 있고, 생각할 수 있을 뿐 아니라, 지혜를 갖춘 원만한 복덕으로 인해 인류의 물질문명이 나날이 발전하고 있다. 그러므로 마음 한 번만 잘 쓰면 그 무엇도 부러울 것 없이 행복할 수 있는 절대적인 모든 자격을 갖추고 있는 것이 사람이다. 그것은 다른 동식물들이 갖추지 못한 너무나 소중한 것들이다.

어떻게 보면 자신이 간직하고 있는 소중한 행복은 모른 채, 바깥에서 정신과 물질을 비롯한 또 다른 허망한 꿈속의 행복을 찾아 헤매고 있는 어리석음의 극치라고 하지 않을 수가 없다. 욕심은 끝이 없다.

제대로 된 집 한 채 없이 한평생을 살다가는 동물들을 생각해 보자. 아무도 찾지 않는 길모퉁이에서 봄이면 피었다 가을이면 져야 하는 이름 모를 풀 한 포기의 생을 보자. 비가 오면 비를 맞고 눈이 오면 눈을 맞으며 추위와 두려움에 떨어야 하는 크고 작은 생명들의 삶은 어떤가. 마음만 먹으면 무엇이든 할 수 있는 우리는 이 세상에 태어나는 순간부터 행복, 그 자체임이 분명하다. 사람은 행복의 주체다. ❀

스치는 인연과 자연은
나의 스승

아침에 일어나서 그다음 날 아침까지 언제나 반복되는 일 상들이지만, 무관심하게 지나치면 아무 일도 아닌 사소한 일들이 대부분이다. 사람뿐만 아니라 자연의 동식물을 비롯한 아주 작은 민물 곤충에 이르기까지 이러한 삶은 태어남과 스러짐이 반복되는 가운데 지속해서 이루어지고 있다.

그렇게 하루 24시간 1달 720시간 1년 8,760시간을 기준으로 60년을 산다고 보면 525,600시간이 되고 요즘 보통 80세를 기준으로 보면 700,800시간을 잠시도 쉬지 않고 숨을 쉬며 살고 있다는 것이니 사람의 몸이 얼마나 견고하게 만들어졌으면, 이렇게 긴 세월 동안 생존을 할 수 있는 건지 앞으로

여보게! 자네는 지금 어디로 가고 있는가?

는 100세 시대라고 하니 876,000시간을 살게 된다는 것이다.

이것은 참으로 놀랍다 못해 경이롭다는 생각이 든다. 그러나 우리가 세상을 사는 동안 과연 원하는 바를 얻고 이루기 위하여 무엇을 생각하며 어떠한 목표를 가지고 살고 있는지에 대한 의문이 들지 않을 수가 없다.

그나마도 젊었을 때는 그런 생각을 하지 않는 경우가 많지만, 50대가 넘어가게 되면 누가 뭐라 하지 않아도 어린 시절부터 지금까지 그리고 불확실한 미래와 죽음에 이르기까지 지난 일과 앞으로 다가올 인생과 삶에 대한 이런저런 생각에 밤잠을 설치는 경우가 많아지게 된다.

이것은 자신만의 일이 아니다. 우리보다 이 세상을 먼저 살다 가신 선조님들뿐만 아니라, 인류 역사를 두고 사람이면 그 누구 할 것 없이 모두 겪어야 할 노정(路程)이다.

그러나 우리는 사람이기에 자신의 노정(路程)보다 꼭 알아야 할 보다 더 중요한 것이 있다. 그것은 이 세상에 태어난 배경과 그 많은 시간 자신이 생존할 수 있었던 것은 무엇에 의함이었는지를 알아야 한다.

하지만, 그것은 대부분 생각하지를 않는다. 하루하루 만나고 헤어지는 많은 인연들. 소중한 인연들의 도움과 가르침이 아니었다면 오늘의 자신은 존재할 수가 없음에도 그것보다는 자신의 노력에 비중을 두고 모든 것을 자신이 스스로 이루었다고 생각하는 것이다.

보이지 않지만 잠시도 없어서는 안 될 공기와 물을 비롯한 생의(生意) 생명(生命) 있는 모든 자연의 고마움과 스치는 인연들이 무언으로 가르침 속에서 이뤄지는 성취가 자신에게 얼마나 많은 행복을 안겨주었는지, 그것은 힘든 시련 속에 감춰진 보다 더 큰 행복의 보고(寶庫)라는 것을 우리는 알아야 한다.

그리고 이 세상 모든 인연과 보잘것없는 그 무엇 하나도 자신의 스승 아님이 없다는 것을 알아야 한다. 🌀

여보게! 자네는 지금 어디로 가고 있는가?

철 따라 피고 지는
자연의 모습처럼

　어느덧 초여름 귓불을 스치는 바람이 시원한 아침이다. 4.19를 인접한 산을 뒤로하고 북한산 진달래 능선을 오른다. 세월은 여느 때나 변함없이 흐르고 있지만, 작년 이맘때는 어떤 모습이었을지 불현듯 궁금한 마음이 일어난다.

　때와 장소가 다르고 그 모습은 다르지만, 언제나 변함없이 피고 지는 꽃과 나뭇잎 새들을 바라보며 한층 더 푸른 산을 안고 심호흡을 크게 한번 해본다.

　정적 가운데 들려오는 거슬리지 않는 자연의 어울림 소리와 크고 작은 새들의 날갯짓으로 분주함 속에 알 수 없는 화음 사이로 개울 따라 흐르는 물의 속삭임은 산길을 오르며 내딛는 발걸음마다 숨이 차고 힘은 들지만, 마치 꿈속의 무릉도원에 온 듯, 황홀함과 무한 행복의 착각에 빠지기도 한다.

그리 길지 않은 짧은 시간 잠시 틈내어 오르는 산행에서 이렇게 행복한 시간을 가질 수 있다는 것은 정말 행운이 아닐 수가 없다. 얼마 전만 해도 미처 느끼지 못했던 일 건강이 얼마나 소중한 것인지를 모르고 가면 가는 깃이고 오면 오는 것인 줄 생각하며 사는 것이 우리들의 일상이다.

그렇게 무심한 마음으로 당연한 것처럼 하루하루를 보내던 어느 날, 이웃의 건강 이상 문제를 접하고 나면서부터 자유로운 하루의 일상이 얼마나 고맙고 행복한 것인 줄 새삼 느끼게 되었다.

발가락 하나만 잘못되어도 오를 수 없는 산, 손가락 하나만 잘못되어도 가장 먼저 불편한 것은 의식주의 해결이다.

그뿐만 아니다, 얼굴에 문제가 생기면 마음은 뻔하지만,

바깥에 나갈 수가 없으니 얼마나 답답하고 괴로울 것인지 평소에 몸이 건강할 때는 그 누구도 건강의 감사함과 행복을 깨닫지 못한다. 오히려 보이지 않는 욕심에 이끌려 몸과 마음을 혹사하는 것을 우리들의 일상적인 생활로 생각하고 있는지도 모른다.

그러나 산행하는 순간, 싱그러운 녹색 빛 무언의 가르침에서 무한 만족을 느끼며 진정한 행복을 알게 되었다. 그리고 골골이 깊은 산속에서 살아 숨 쉬며 살고 있는 생명도 모두 행복한 삶을 영위하고 있다는 것도…. 🌸

자유롭게 공기를
마실 수 있음의 행복

　몇 해 전만 해도 해마다 봄이 되면 산과 들을 다니면서 산나물과 쑥 등을 손수 뜯기도 하고 휴일이면 보살님 몇 분과 산사를 찾거나 산행을 했다. 더러는 새로운 관광명소를 찾음으로 해서 하루 일과의 들고남이 자유로웠다.

　대부분 사람은 생활의 불편함 때문에 불만이 많았지만, 코로나로 인하여 마스크부터 일상의 모든 활동에 제약을 받고 있는 지금은 어떤지 물어보고 싶다. 먹는 음식부터 사람을 만나고 대화하는 일까지….

　그뿐인가 가족도 거리를 두어야 하고 먼 인척도 집안의

대소사로 인하여 오고 감에 마치 전염병을 안고 다니는 듯 오지 않아도 서운하지 않다는 말로 거리감을 느끼게 한다.

돌이켜보면 그동안 우리는 너무 행복 속에 묻혀 살았다. 마스크를 쓰지 않았을 때가 얼마나 행복했는지 마스크가 필수가 되고 난 뒤에야 알았다. 자유롭게 공기를 마실 수 있음의 소중함을 알고 코로나 백신 패스 시행으로 자유의 제약을 받고 난 후에야 비로소 아무 곳에서나 거리낌 없이 자유롭게 활동했던 지난날이 얼마나 행복했던가를 알게 되었다.

그렇지만, 지난날 일상 속의 행복을 그리워하는 지금 그 마음이 과연 얼마나 갈지 평온했을 때 겪은 우리나라 국민성으로 볼 때, 의문을 갖지 않을 수가 없다. 우리나라 사람들을 두고 냄비근성이 있다고 하는 말을 많이 들었기 때문이다.

물론 나 자신도 한국인이지만, 그 말을 부정할 수가 없다. 모르긴 해도 코로나가 안정되면 별일 아닌 일상 속의 소소한 일을 가지고도 언제 그런 일이 있었느냐는 듯이 지난 일은 까맣게 잊고 다시 불평불만이 쏟아질 것이다.

중요한 것은 어쩌면 하나 같이 내 탓이고 내 잘못이라는 사람은 하나도 없다. 모두 자신만이 옳다고 한다. 삼 년이란 긴 시간을 두고 학습하듯이 몸과 마음의 아픔을 겪은 이제부터라도 그동안 부자유스러움으로 인해 법적제재 속에서 하지 못했던 일들을 찾아 무한한 꿈을 향해 정진하되, 작금에 겪었던 이러한 현실들이 잊히지 않고 긴 세월 우리들의 가슴 속에 남아 좋은 삶의 이정표가 되었으면 하는 바람이다.

우리는 그동안 상상을 초월한 풍요로움 속에서 행복을 누리며 산 것이라는 것을 알게 된다면 코로나로 인해서 잃은 것보다 얻은 것이 더 많을 것이니 얼마나 다행한 일인가 생각한다. 상식적으로 싸움을 할 때 겁내거나 도망을 가면 끝없이 상대에게 시달림을 받을 수밖에 없음을 알면 작금의 현실도 전혀 두려워할 필요가 없다고 생각한다. 🌼

고난이나 변고를
당했을 때 마음가짐

보편적으로 몸을 비로소 나타나는 재난이나 주변 환경의 사소한 일들은 일상적 생활 속에 자신의 마음 상태가 반영된 노력의 결과임을 알아야 한다. 마치 거울에 햇빛이 반사되듯이, 그래서 환경은 마음의 거울이라는 말이 있다. 실패를 거울삼아 실패는 성공의 지름길이라는 등, 그러면 고난이나 기타 어려움을 당했을 때 우리는 어떻게 해야 할까.

첫째, 모든 것은 일상적 생활의 결과라 생각하고 무엇이 잘못되었는지 걸어온 길을 한 번쯤 되돌아볼 필요가 있다. 건강에 문제가 있다면 음식이나 육체적 정신적으로 목표를 향해 너무 무리하여 지나친 스트레스를 받고 있지는 않은지. 물론 그러한 것이 전생의 인과응보나 유전적일 수도 있지만, 현생에서 지은 현생 업(習慣)일 수도 있으므로 참회하는 마음을 가지고, 다시 한번 일상의 생활을 정비하는 시간을 가져야 한다.

둘째, 누구나 어려운 일을 당하면 실망하여 절망하는 경우가 많은데 성공한 사람과 실패하는 사람의 차이는 어려운 일을 당했을 때, 그것을 어떻게 받아들이고 대처하느냐 하는 방법에 따라서 확연히 다른 결과를 얻게 된다.

이를테면 다시 도전하려는 희망적인 생각과 나는 안 된다는 절망적인 생각의 차이라고 보면 된다. 나쁜 일을 당하게 되면 오히려 나에게 나쁜 일들은 이제 물러갔으니 아픔의 기억을 거울삼아 최선을 다하면 좋은 일이 있을 거라는 희망적인 생각을 가지면 성공의 지름길이 될 것은 분명하다.

셋째, 고난은 과거로부터 지은바, 원인이 나타나는 것이 분명한 것이므로 그것을 참고하여 보완할 일이지 지난 일에 얽매어서 좌절한다는 것은 참으로 어리석은 생각이 아닐 수 없다. 누구에게나 성공과 실패는 올바른 정신과 노력에 달려있다. 그러므로 고난과 병고는 삶에 있어서 훌륭한 스승임을 알아야 한다. 🌑

여보게! 자네는 지금 어디로 가고 있는가?

오복의 중요성을
생각하며 노력한다면

　예전부터 선조들에게서 중요한 삶의 조건으로 하신 말씀 중에 사람이 행복하게 살아가는 데 갖추어야 할 가장 소중하게 생각하고 있는 것을 다섯 가지로 요약한 것이 있는데 그것을 오복(五福)이라고 한다. 이것은 중국 유교의 오대 경전 중 하나인 서경(書經)에도 나와 있다.

　그러나 이 세상 많고 많은 갖춤 중에 어찌 다섯 가지만을 요약해서 말할 수가 있겠는가. 다만 '이럴 것이다' 하는 것으로 생각하지만, 부처님께서는 오복을 말씀하신 것이 아니라 삶을 통째로 행복하게 할 방법을 말씀하셨기에 오복에 대하여 부연 설명을 해볼까 한다.

수(壽) 사람이 태어나면 누구나 오래 살고 싶어 하고 삶이 영원할 것이라 믿고 있기 때문에 생을 마감하는 그날까지 행복한 삶의 성취를 위한 욕구의 정진은 멈추지를 않는다. 그러나 이 세상 그 누구도 생을 마감하지 않을 수 없다는 것을 알고 있으면서도 몇백 년을 살 것처럼 착각 속에 살고 있다.

그것은 다른 생명을 살리기보다는 죽이는 경우가 많으면서도 이유를 불문하고 오래 살아야 한다는 욕심 때문에 수(壽)를 천복의 하나로 넣은 것이다.

그러나 진정한 수명은 이 몸을 자유롭게 할 수 있을 때의 명(命)이어야 한다. 불편한 몸으로 자리보전하고 누워서 모든 가족이 몸과 마음의 무거운 짐을 짊어지게 하는 연장된 수(壽)라면 이것은 오히려 흉(凶)이 될지언정 복(福)이 될 수는 없다.

그래서 태어날 때 자신이 하늘로부터 받아온 그 생의 마지막 수를 천수(天壽)라는 이름으로 오복 중 하나로 말한 것이다.

부(富) 그렇게 태어나서 생을 마감하는 그날까지 사람뿐만 아니라 자연을 비롯한 동물까지 잠시도 쉬지를 않는다.

여보게! 자네는 지금 어디로 가고 있는가?

그중에서 사람이란 자동차의 엔진은 자신의 육체적 정신적 만족을 위하여 끝없이 활동하고 있다. 개미가 끝없이 물어다 두기만 하는 것을 보면서도 보시라는 나눔의 마음이 넉넉하면 넉넉할수록 모임의 부(富)가 얼마나 많이 쌓인다는 것을 모른다.

그렇게 만족을 모르고 끝없이 모으려고 하는 사람들의 바람을 부(富)란! 살아가는 데 불편하지 않을 만큼의 풍요로움이라는 이름으로 묘하게 포장하여 그것을 오복의 하나로 편입했다.

강령(康寧) 그러나 건강한 몸과 마음으로 삶을 영위하려면 우선 육체적으로나 정신적으로 넘침이 있으면 곤란하다. 그중에서 어떤 목표를 향하여 육체를 혹사하거나 욕심만 가득하여 노력은 하지 않고 이루어지기만을 바라는 묘한 심리적 현상

이것은 몸과 마음의 돌이킬 수 없는 상처를 남길 수가 있지만, 쉽게 얻어질 수 없기에 너무나 간절한 바람이므로 강령(康寧)이란 이름으로 오복에 편입된 것으로 생각한다.

유호덕(攸好德) 화향십리(花香十里) 꽃의 향기는 십 리를 가지만 심향(心香) 마음의 향기는 천리만리에 가득하다는 말이 있다.

유호덕(攸好德)이란 부족한 것을 베풀어 도우며 선행의 모범으로 덕을 쌓되 인위적으로 꾸밈이 아닌 순리에 따라 흐르는 물과 같고 보이지 않는 꽃향기와 같은 인품이어야 한다.

고종명(考終命) 사람들의 간절한 꿈들을 한 가지씩 이루어 누리고 싶은 바람의 꿈으로 만든 마지막이 고종명(考終命)이지만, 바람대로 건강하게 살다가 아무런 고통 없이 잠자듯 생을 마감하기란 쉬운 일이 아니다.

그것은 마음만 간절하다고 되는 것이 아니기 때문이다. 이처럼 예전부터 선조들께서는 어떻게 하면 후손들이 무한한 행복을 누리며 살 수 있도록 할까 하는 인생과 삶에 대한 깊은 고뇌가 있었다는 것도 알 수 있다.

그러나 위의 다섯 가지 모두 다 사실은 지키며 살기에는 쉽지 않은 가르침이지만, 혼탁한 시국에 한 사람이라도 오복의 중요성만이라도 생각하며 이루려고 노력한다면, 어떤 종교나 성인의 가르침이 아니더라도 작금의 시절보다 풍요롭고 행복한 삶이 될 수 있다는 것은 자명(自明)한 일이다. 🌓

영혼마저 편안하게 해주는
엄마 꽃향기

'아! 한 송이 엄마 꽃이 피던 날 하늘도 땅도 울었지! 심장의 박동이 뛰는 소리에 울 엄마는 생과 사를 헤맸지! 엄마 꽃이 피어나는 날 이 몸은 이 세상에 났지만, 어여쁘신 울 엄마 우리 엄마 이제는 시들은 하얀 꽃 한 송이 엄마 꽃이 가엾어서 어쩌나 엄마 꽃이 가엾어서 어쩌나 엄마 꽃이 지고 나면 어쩌나.' 이 노랫말은 나의 음반 15집에 수록된 엄마 꽃 가사이다.

무수 억겁을 지나온 이슬 한 방울이 마음 꽃씨를 담아 어머니 몸을 의탁하였다. 엄마 꽃과 나의 마음 꽃이 함께 피는 그 순간은 생과 사를 함께 겪어야 하는 극과 극의 시간이었다.

하늘과 땅은 팡파르를 울리고 세세손손 내려온 선조님들의 축복 속에서 생(生)과 함께 또 하나 나만의 우주를 창조해야 하기 때문이다. 생(生) 아님이 없지만, 이제 유한한 삶의 길로 접어들어 무한 광풍을 헤쳐 나가야 한다.

걸음마를 시작으로 생을 마감하는 그날까지 성장을 거듭해야 하는 힘들고 고달픈 어려움이 있지만, 언제나 함께할 수 있는 엄마 꽃향기가 있어 두렵지 않다.

엄마 꽃향기는 바람이 불면 바람막이가 되고 비가 오면 우산이 된다. 눈보라가 치면 따뜻한 품으로 감싸주고 삶의 주가 되는 의식주, 모든 것을 끝없이 제공해 주시는 엄마 꽃향기다.

시간이 흐를수록 당신의 꽃은 시들어간다. 꽃이 시들면 시들수록 그 향기는 더욱더 강렬하여 내 마음속 깊은 곳까지 파고든다. 이제 그 사랑의 꽃향기는 다시 엄마의 꽃향기로 거듭난다. 참으로 끝없이 이어지는 경이로운 모습이다.

자식을 위한 그 사랑은 굶어도 배고프지 않고 살점을 도려내도 아프지 않을 뿐 아니라 죽음마저도 두려워하지 않는다. 세상에 이런 사랑은 엄마 꽃향기가 아니고선 있을 수가 없다.

대체 엄마 꽃이 어떤 꽃이기에 사람뿐만이 아니라 날짐승 아주 작은 기는 벌레와 생명 있는 모든 부류(類)가 자식을 지키기 위해 자기 몸을 초개같이 버리는 것일까.

뱀으로부터 위험한 새끼를 지키기 위해 사투를 벌이는 엄마 까마귀를 보았다. 새끼를 잡아먹은 뱀을 쫓아가서 위험을 무릅쓰고 끝까지 싸워 죽이는 까치를 보면서 또 다른 이름의 모성애에 숙연해지는 마음은 나뿐만이 아닐 것이다.

엄마 꽃향기는 한없이 따뜻하고 향기롭지만, 자식들이 처하게 되는 생과 사의 문턱에서는 그 무엇도 당할 수 없는 강인한 힘으로 무장하여 그 자리를 지키며 방패가 된다. 사람은 사람이니까 가능할 수 있다. 하지만, 생각과 지혜를 갖추지 못한 보잘것없는 작은 벌레 한 마리까지도 모성애라는 엄마 꽃향기를 끝없이 발산시킨다는 것은 참으로 이해할 수가 없다.

이제 봄여름 가을 겨울 때가 되면 시시때때로 적응하며 생존하는 자연처럼 돌고 도는 한평생 석양 길 문턱에 서서 돌아보니 어린 시절부터 지금까지 가슴속 깊은 곳에 스며있는 엄마 꽃향기가 삶에 지친 혼탁했던 영혼마저 편안하게 해 준다. 🌑

지팡이

천 리 길도

한 걸음이란 말

넌 무엇이든 할 수 있어 란

격려의 말

참 잘했어 란

칭찬의 말

수고했어 고마워 란

감사의 말

사랑한다는

따뜻한 한마디

말 한마디의 지팡이는

꿈과 희망을 성취한다.

1박 2일의
행복

지금까지 살아오면서 한 번도 가보지 못했던 나만의 1박 2일 강원도 여행을 떠난다. 생각해 보면 단 하루도 자유로운 시간을 가질 수 없었다는 것이 아쉬웠지만, 나름대로 살아온 날들을 후회한 적은 한 번도 없었다.

사람의 마음은 참으로 묘한 것이라는 생각이 든다. 꼭 여행이 아니더라도 다른 일정으로 전국은 물론 외국도 다녀 보았지만, 이번 여행은 이상하리만치 몸도 마음도 설레고 기분이 상쾌한 것은 뭐라고 말로 표현할 수가 없다.

아침 6시 행복사를 출발하여 속초를 향해 고속도로를 달린다. 자욱한 안개 저 너머에는 깊은 잠에서 설 잠 깬 아기의 눈 비빔처럼 뿌연 안갯속에 가려진 동녘의 눈뜸이 보인다.

가평을 지날 즈음 25년 전 처음 출가하기 위하여 대성리 철도역에서 내리던 때가 생각난다. 밤새 내린 하얀 눈을 밟으며 상락향 수도원을 찾아가던 그날의 기억들이 마치 잔잔한 호수에 달빛 스며들 듯이 또렷하다.

오늘은 음력 시월이라 강원도에는 아래 지방보다 완연히 오색의 옷차림이 짙어지고 있음을 느끼게 한다. 출발하기 전부터 오늘과 내일까지는 정말 마음을 다 내려놓고 지난날의 존재마저도 망각한 채 지내기로 생각했다.

청평댐을 지나며 바라보는 출렁이는 물결도 주변의 나무들뿐만 아니라 지나치는 자동차도 새롭게 느껴진다. 가끔 지나는 사람들의 모습은 마치 외국에서 보는 것처럼 현실과 꿈속을 함께 공유하듯 묘한 감정에 젖는다.

나만 그런 것일까. 아니면 다른 사람들도 여행을 가면 누구나 느낄 수 있는 것인가 하는 생각이 든다. 한계령을 넘어

여보게! 자네는 지금 어디로 가고 있는가?

가는 길 주변 계곡과 산에 나무들은 멀지 않은 가을의 아름다운 정취를 만들기 위해 분주하다.

건들바람에 나부끼며 채색에 여념이 없는 작은 잎 새들의 여린 손놀림도 바쁘게 움직인다. 일요일 아침이지만, 가는 곳마다 인산인해를 이루고 있다. 어려우니 어쩌니 말들은 많지만, 우리나라가 잘 살기는 잘 사나 보다 하는 생각이 든다.

많은 차량의 정체로 인해 처음 계획했던 신흥사를 포기하고 고성 통일전망대로 향했다. 날씨가 청명한 관계로 평소에는 잘 볼 수 없다는 금강산까지도 망원 렌즈에 그대로 담겼다.

눈앞에 보이는 산하이지만, 마음대로 오고 갈 수 없는 곳, 이것은 과연 누구의 잘못인가. 실향민은 아니지만, 북녘땅을 바라보는 눈가에는 이슬이 맺힌다. 남북이 통일되어 하나로 뭉친다면 세계 어느 나라도 부럽지 않을 강대국이 될 텐데 하는 아쉬움을 뒤로하고 속초에서 일박을 했다.

아침부터 느끼는 바닷바람을 타고 오는 바닷냄새가 또 다른 새 아침을 만끽하게 한다. 아침 식사는 간단하게 먹는 둥 마는 둥 하고, 외옹치 해수욕장 둘레길을 돌면서 수평선 저 너머 출렁이는 파도와 더불어 비릿한 바닷냄새에 취해본다.

지금, 이 순간은 잠시 자유로운 시간이지만, 이제 다시 서울로 돌아가면 성직자의 신분으로 잠시도 소홀히 할 수 없을 만큼 바쁜 일과들이 기다리고 있다.

올해는 비록 가을 문턱의 짧은 시간 만산홍엽의 아름다움을 만끽할 수는 없어도 하늘과 땅, 그리고 바다에서 생존하고 있는 모든 존재가 자신들의 생존을 위해 얼마만큼 최선의 노력을 기울이고 있는지를 보고 배웠다.

25년 만의 자유로 왔던 1박 2일 서울로 돌아오는 길, 예전에는 전혀 느끼지 못했던 차창 밖 스치는 풍경들을 보면서 무한 행복을 느낀다. 🌰

노력한 만큼 얻을 수 있는
행복한 삶

노력하지 않고 가만히 있어도 마음먹은 대로 할 수 있고 바라는 것을 모두 얻어서 이룰 수 있다면, 더 이상 구할 것이 없기 때문에 누구나 힘들여 노력하지 않고 누림에만 집착할 것이다.

그러나 이 넓은 세상 어디에도 그런 일은 있지도 않을뿐더러 있을 수가 없다. 어떻게 생각하면 부모를 잘 만나서 어린 시절 또는 삶의 일부분을 넉넉하게 살 수는 있겠지만, 자신의 인생을 정신적 물질적으로 완벽한 행복 누림으로 이어가기는 어려울 것이다.

다만 정신적 질환이나 마약 등에 의한 몽롱한 착시현상에 빠졌을 때는 본정신이 아니기 때문에 그런 상황이라면 잠시 행복하다고 느낄 수는 있지 않을까 싶다.

일반적으로 사회가 건전하다면 누구나 열심히 땀 흘려 일하고 노력한 만큼의 결과를 만족하게 생각하겠지만, 일부이긴 해도 가끔 한탕주의 사고를 가진 젊은이들이 있어 안타까운 마음이다.

그리고 행복이라는 것이 물질적인 것이 아니라 정신적인 것으로 생각한다면 무엇보다 중요한 것은 마음의 작용이 아닐까 싶다. 본인이 살고 있는 집 안에 금덩어리를 쌓아두고 있다면 행복하다고 생각할 수 있겠지만, 아니다. 곰곰이 생각해 보면 그것을 지키기 위해서 불안에 떨지 않을 수 없기 때문이다.

자신이 살고 있는 동네에 자신만 부유하고 다른 집은 모두 밥을 굶고 있다면 행복하다고 할 수 있을지 진지하게 한번 생각해 봐야 한다. 상식적으로 생각해도 절대로 행복하지 않을 것이다.

오히려 정상적인 인격적 소유자라면 행복하지 않고 그들 때문에 측은지심이 아니면 불편하거나 불안한 마음일 것이다.

이처럼 행복은 자신만 잘 살거나 모든 것을 이루었다고 행복한 것이 아니다. 주변의 모든 인연이 다 함께 물질적 정신적으로 행복할 수 있을 때, 더불어 행복한 삶을 영위할 수 있는 것이다.

행복한 삶을 살기 위해서는 열심히 일하고 노력해야겠지만, 중요한 것은 이웃과 더불어 잘 살아야겠다는 마음과 노력이 없으면 진정 행복한 삶을 영위하기는 정말 어려운 것이다.

숨을 쉬고 살면서 공기에 대해 감사함을 모르고 당연하게 생각하듯, 행복 또한 모두에게 이미 갖추어져 있지만, 우리가 만족함을 모를 뿐이다.

이처럼 넘어졌다 일어날 때마다 정신적이나 육체적으로 무엇이든 생각하고 깨달아서 얻는 바가 있다면 반드시 성공할 것이고, 기쁨도 슬픔도 성공도 실패도 모두 행복임을 스스로 알게 될 것이다. 자신이 존재함으로써 노력할 수 있고 깨닫고 얻을 수 있는 모든 행위가 행복의 또 다른 모습이기 때문이다. ❀

자아에 대한
형이상적인 진실 탐색

김송배

(시인, 한국문인협회 자문위원)

능인스님은 그동안 활발한 창작활동을 해온 중견 시인이다. 그는 이미 첫 시집 『능인의 허튼소리』와 제2 시집 『오늘도 그 자리에서』 그리고 제3 시집 『설연화의 향기』를 상재하여 우리 시단(詩壇)과 승단(僧團)에서도 그의 문명(文名)은 널리 알려졌으며, 스님 시인으로서 작품을 통해서 도반들의 불심(佛心)과 우리들의 시심(詩心)에 신앙이 빛나는 시 정신에 많은 박수를 받은 바 있다.

필자는 그의 시집 『설연화의 향기』의 해설을 집필하면서 "스님의 대인 공덕과 함께 명징(明澄)하게 정리된 그의 철학적인 사유의 일단을 이해하게 되는데 그의 〈시집 첫머리에〉에서 '해 저문 산골짜기에 묻힌 하얀 눈이 / 마음속 삶의 몽우리와 함께 녹아내린 아름다운 봄꽃을 보며 / 가슴으로 파고들어 / 영혼을 맑게 해주는 꽃향기를 전하고 싶었다.'는 그의 간명한 소회를 밝히고 있어서 그가 의도하는 창작의 주제를 개괄적으로 유추할 수 있게 한다."라는 어조로 그의 시 세계를 이미 찬미(讚美)하여 독자들 곁에 다가간 적이 있었다.

스님은 거기에서도 자신의 삶을 통한 궤적(軌跡)에 절실하게 감응하면서 스스로 감지한 생(生)의 행로에서 회상하거나 회억(回憶)해 보는 가운데서 발흥한 자신의 심원(深遠)한 진실을 '자화상'에 담아 속세에 알리고 있음을 알 수 있었다.

그는 "생이란 이름으로 세월에 숨어 / 걷고 뛰고 머무는 일상을 / 곰곰이 그렸나 보다"라는 인식의 감도(感度)가 생과 세월의 대칭에서 교감하는 인생적인 정리를 마지막 연의 결론과 같이 "어릴 때부터 / 사연 덧칠한 그 모습이 / 오늘 여기에 / 그림자로 누웠다"는 진솔한 어조에서 그가 자신을 성찰하는 가운데 청춘의 꿈과 중년, 노년의 시련 혹은 눈물샘 그리고 '깊게 팬 주름' 등으로 자신을 여실(如實)하게 직시(直視)하고 있음에 감동하고 있다.

자화상이 갖는 의미는 자신에 대한 진솔한 면모를 드러내면서 자존(自尊)이나 인격을 자신이 스스로 표현하는 방식으로 그 내면에는

여보게! 자네는 지금 어디로 가고 있는가?

형언(形言)할 수 없는 다양한 인생의 지표가 현현하게 되는 것이다.

이처럼 이번 〈글말선방 2〉 『여보게! 자네는 지금 어디로 가고 있는가』라는 에세이집에서도 그가 생을 통해서 심취한 생명 곧 삶에 대한 깊은 회오(悔悟)와 성찰을 주제로 한 그의 철학적인 언어가 보편적인 사유(思惟)에서 초월하는 내면 의식이 잠재하고 있음을 짐작하게 하고 있다.

능인스님이 〈글말선방 2〉의 중심적 화제로 적시하는 제재는 '나는 어디에 있는가'를 비롯해서 '연꽃 닮은 삶', '자작화두(自作話頭)', '생과 삶의 의문', '살아있는 모든 생명은 우주의 핵심', '사람이 영원히 산다는 것', '삶과 무한의 인내', '길고도 짧은 인생 여정', 그리고 '나는 지금 어디쯤 왔을까'와 이 에세이집의 주제인 『여보게! 자네는 지금 어디로 가고 있는가』라는 존재의 문제를 불성(佛性)이 가미된 형이상적(形而上的)인 고차원의 인생론을 명민(明敏)하게 적시하고 있어서 불자(佛者)들뿐만 아니라, 일상인들도 공감의 영역은 확대되고 있는 것이다.

이 일을 어찌할거나. / 앞으로 가자니 절벽이오. 돌아가자니 다시는 돌아갈 수 없는 은산 철벽이 앞을 가로막고 있다. 인생이란 이름으로 살아온 삶의 끝은 바로 어두운 천 길 벼랑이다. 백 년의 헛된 꿈속에 취하여 달려온 무지했던 생의 울림은 암울하고 공허한 천 길 메아리 속에 갇혀 그림자마저 흔적이 없다. / 파란 하늘에는 흰 구름 한가롭고, 싱그러운 자연 속에서 새들은 노래하는데, 또 다른 생명들이 부질없이 내가 걸어온 길을 따라서 백 년을 쫓아오고 있음을 본다. / 이제 삶이란 이름으로 백 년을 쫓던 나는 어디에 있는가.

능인스님은 그동안의 삶에 대한 화두(話頭)를 이와 같이 「나는 어디에 있는가」라는 자아의 존재에 대한 회의적(懷疑的)인 의문형으로 출발하고 있어서 범상(凡常)치 않은 그의 구도적(求道的)인 지향점을 예견할 수 있게 한다.

"이제 삶이란 이름으로 백 년을 쫓던 나는 어디에 있는가."라는 존재론에 입각한 그의 의문은 결과적으로 "인생이란 이름으로 살아온 삶의 끝은 바로 어두운 천 길 벼랑"이란 사실을 감지(感知)하였으며 "헛된 꿈속에 취하여 달려온 무지했던 생의 울림은 암울하고 공허한 천 길 메아리 속에 갇혀 그림자마저 흔적이 없다."는 허무 의식의 결론으로 '나'를 찾고 있는 것이다.

또한 "나는 지금 어디쯤 왔고 어디로 어떻게 가야 하는지. 아름답게 지는 노을을 보면서 지나온 발자국 따라 다가올 마지막 자신의 모습을 더욱더 아름답게 만들어 보자. (「나는 지금 어디쯤 왔을까」)"라는 어조로 자신이 도달한 행로의 정점에서 참회(懺悔)와 각성으로 새로운 삶의 지향점을 탐색하고 있는 것이다.

능인스님은 '자작 화두'에서도 "행하면 내가 죽고 행하지 않으면 중생이 죽을 때, 수행승아! 그대는 과연 어떻게 할 것인가?"라는 수행승으로서의 심오(深奧)한 성찰의 어조를 통해서 '나'에 대한 존재의 인식과 동시에 인생의 진로(進路) 방향의 다양한 사유를 분사(噴射)하고 있다.

태어남으로 인한 삶이란, 끝이 있는 것이기에 성공도 실패도 행복도 불행도 꿈을 좇아 허둥대는 물거품 위에 스쳐 던져진 그림자일 뿐이다. 우리는 이쯤에서 마음의 눈을 뜨고 삶의 의미를 심각하게 스스로 묻지 않을 수가 없다. 나는 누구인가? 어디에서 무엇을 하러 왔는가? 그리고 이제 어디로 갈 것인가.

「생과 삶의 의문」 중에서

능인스님의 의문은 기승전결(起承轉結)에서 결론이 없이 계속 진행된다. 그는 명징(明澄)한 해법을 찾기 위해서 부처님께 많은 질문을 제시하고 있다. 글 「부처님이시여! 어찌하옵니까?」 전문에서 여섯 가지로 분류하여 자세하게 질문하고 있는데 다음과 같이 공감할 수 있을 것이다.

① 부처님께서 인과응보와 수행 정진을 통하여 깨달음을 말씀하심으로 모르고 있던 것을 앎으로 해서 아무리 쓸고 닦아도 쌓여만 가는 죄업과 번뇌 망상으로 인한 모든 중생들의 고통을 부처님이시여! 어찌하옵니까?

② 육도 문중에 보시가 으뜸이라 법을 지키며 복을 지어야 한다는 부처님 말씀 따라 육근의 문을 닫고 지킴으로 인해 우주 삼라를 담고도 남을 큰 그릇이 크다. 작다. 담아야 한다. 버려야 한다는 시시비비로 혼란만 더하여 열심히 일하고 말하고 행함도 악업이 되어 수미산을 넘나드는 죄업을 짓고 있으니, 부처님이시여! 어찌하옵니까?

③ 인내해야 한다. 멈추면 안 된다. 쉼 없이 정진해야 성불할 수 있다는 말씀 따라 한 말 그릇에 한 섬 무게를 넣고 인내하므로 해서 만신창이 된 몸과 마음에 병이 들어 칠흑 밤을 헤매며 임 부르는 중생들의 저 울음소리. 삶의 상처로 인하여 뼛속 깊은 아린 고통에 시달리고 있는 아픔을 부처님이시여! 어찌하옵니까?

④ '마음을 가라앉혀라 멈추어라, 고요함에 머무르라 하신 말씀은 혼탁한 연못에 모여 사는 애민 중생들에게는 꿈으로 그려보는 임의

모습일 뿐 칼바람 부는 찬 겨울은 여름이 극락이고 물고기에게는 물속이 극락이며 구더기에게는 똥통이 극락이듯 중생을 제도하려면 중생이 있어야 함에도 어찌하여 음양 단절시켜 놓고 중생제도를 말씀하셨으니 그림 속에 담은 허허로움 속 한가로운 가르침을 부처님이시여! 어찌하옵니까?

⑤ 깨달음과 성불만이 윤회로 인한 생의 마침이라는 말씀으로 배고픔에 허겁지겁 먹는 음식처럼, 미생물 잠꼬대를 한 소식이라 하고, 발길에 차인 돌의 울부짖음을 깨달음이란 이름과 부처님 닮은 모습으로 중생들이 이해할 수 없는 말을 가르치고 있으니, 부처님이시여! 어찌하옵니까?

⑥ '버려라, 비워라, 내려놓아라, 모두 끊어라,' 하신 말씀이 마음을 말씀하신 거라면 중생들의 눈높이에서 보이지 않는 이 마음을 보여주시고, 몸을 말씀하신 거라면 어디에다 버리고, 내려놓고 끊어야 하는 것인지, 무성한 나뭇가지를 모두 잘라내면 둥치는 쓰러져 썩은 고목이 될 것인즉, 부처님이시여! 어찌하옵니까?

글의 인용이 약간 길지만, 이는 삶에 관한 능인스님만의 의문이 아니라 현재를 살아가는 중생들에게도 귀감(龜鑑)이 되는 현장에서 부처님께 해법을 구하고자 하는 그의 진실이라고 할 수 있을 것이다. 대체로 아무리 쓸고 닦아도 쌓여만 가는 죄업과 번뇌 망상으로 인한 모든 중생들의 고통이나 열심히 일하고, 말하고 행함도 악업이 되어 수미산을 넘나드는 죄업과 삶의 상처로 인하여 뼛속 깊은 아린 고통에 시달리고 있는 아픔 등 현실적인 갈등이나 고뇌를 부처님께 어찌 하옵니까? 하교(下教)를 기다리고 있는 것이다.

그러나 능인스님은 그의 수행에서 획득한 대오(大悟)에서 몇 가지의 방도를 창안(創案)하고 있음을 알 수 있다. 글 "사람은 이렇게 안이비설신의(眼耳鼻舌身意)가 분명하다. 다른 생명체들이 갖추지 못하고 있는 모든 것을 갖추고 있다. 그렇지만 끝없는 불평불만 속에서 행복한 삶보다 오히려 불행한 삶의 길을 가고 있다.

일반인들뿐만 아니라 많은 종교인들도 함께 탐진치(貪瞋癡) 삼독(三毒)을 없애야 한다. 마음을 비워야 한다. 착하게 살아야 한다. 등(「순리를 따른 삶에는 무한인내가 필요하다」 중에서)"의 어조와 같이 불교적인 삶과 불심(佛心)과 통하는 인내의 삶, 통찰(洞察)의 삶을 인식하게 되는 것이다.

이처럼 "사람의 참된 의미(意味)는 올곧게 성장하고 진리를 깨달

여보게! 자네는 지금 어디로 가고 있는가?

아서 모두가 복된 생(生)과 행복한 삶을 함께 공유하는 데 있다. (「사람의 참된 의미」중에서)"는 결론과 함께 "눈앞에 불을 켜고 '이것을 봐라' 하듯이 명백하게 들어 보이신 것이다. 이러한 가르침들을 책으로 엮은 것이 바로 팔만대장경이며, 부처님의 가르침을 가르치고 배워 실천하는 종교, 바로, 부처님의 가르침에 따라, 마음의 근본, 참 나를 찾아, 영원히 생사에서 벗어나고, 행복한 삶을 살 수 있는 길을 찾는 것이 불교다. (「불교란」중에서)"라는 '행복한 삶=불교'라는 공유의식을 강론(講論)하고 있는 것이다.

능인스님은 〈글말선방 2〉에서 주제로 설정한 『여보게! 자네는 지금 어디로 가고 있는가』라는 화두는 그동안 수행을 통해서 각성한 고뇌의 일단들에 대한 해법을 적시함으로써 불자나 대중들에게 삶의 근원이 무엇인가를 깨우치게 하는 것이다. 그는 이러한 화두의 결론을 다음과 같이 들려주는 것이다.

여보게! 자네는 지금 어디로 가고 있는가? 이제 앞이 보이는가, 목적지 말일세. 무시 이래로 지금까지 돌고 도는 윤회 바퀴 속에서 이제 어디로 무엇하러 가는지 확실히 알았다면, 모르긴 해도 자네는 멀지 않아 성불하지 않을까 싶네만, 아직도 모르겠는가. 참으로 답답 하이….

능인스님은 존재와 생멸(生滅) 그리고 고뇌의 현실적인 삶의 향방(向方)에서 선승(禪僧)으로서의 고차원의 교시적(教示的)인 인생의 의미를 탐색하며 감명 깊게 읽을 수 있어서 우선 감사함을 전한다. 일찍이 스님은 시인으로서 음악과 동행하는 예인(藝人)으로서 우리 문단에 중진으로 칭송을 받는 〈행복사〉 주지 스님이시다. 앞으로도 좋은 설교(說教)를 통한 중생들의 계도에 힘써주기를 기원한다.

여보게! 자네는 지금 어디로 가고 있는가?

책 끄트머리에

누가 말했던가. "가도 가도 삶이란 끝없는 생존의 길"이라고.

생각해 보면 끝없이 힘들고 막막한 삶의 길이라 생각되지만, 마음먹기에 따라서 꼭 그렇지만은 않은 것이 인생길이다.

모든 생명은 태어나면 반드시 멸(滅)하는 것이기에 결국 우리는 삶이라는 길을 따라 마지막 사(死)의 문을 향해 가고 있다. 이 몸이 세상에 태어나기 전에 나는 과연 누구이며 어디에서 무엇을 했고 무엇을 하러 왔을까 하는 물음 앞에 분명하게 대답할 수 있는 사람은 없다.

이처럼 비록 태어난 순간부터 자신의 의지와는 상관없이 가야만 하는 삶의 길이지만, 태어나기 전의 나와 지금의 나는 어떤 차이가 있을까 하는 것은 생각하기에 따라 궁금하지 않을 수 없다. 사람과 생명 있는 유(類)는 생각뿐만 아니라 모든 것이 다 다르다. 그렇기 때문에 삶의 길 또한 다를 수밖에 없다.

이에 고희를 지난 이때, 그동안 갈무리해 두었던 보고 듣고 느끼며 살아온 지난 발자취와 삶에서 경험하고 느낀 순간들의 짐 보따리를 미력하나마 하나씩 풀어 보려고 노력했다. 사람은 누구나 정체를 알 수 없는 자신만을 컨트롤(control)하는 마음이라는 주인의 조정에 의해 인생이라는 삶의 길을 가고 있지만, 특정 종교인이 아니면 이 문제를 찾거나 알려고도 하지 않고 있다.

배고프면 밥 먹고 잠 오면 잠자고 좋으면 웃고 화나면 성내고 등 하루하루 행주좌와어묵동정(行住坐臥語默動靜)에 눈으로 볼 수 있고 손으로 만질 수 있는 극히 물질적인 것을 나라고 믿으며 마치 술에 취한 사람처럼 삶의 길을 가고 있다.

그러므로 해서 누가 나를 조종하는지 끌고 가는지 나를 운전하는 운전사의 정체가 무엇인지 전혀 알 수가 없는 상태에 있다. 잘나면 잘난 대로 못나면 못난 대로 하루 가고 이틀 가고 그렇게 세월이 흘러 인생 백 년이라는 긴 여정의 길 위에 서 있다. 어느덧 석양빛 고운 노을을 보면서 하얀 이슬과 깊게 팬 주름 사이에 숨은 지나온 삶의 흔적들을 돌아보게 되고 그 순간 회한의 눈물을 흘리게 된다.

이에 '능인스님 글말선방 제2권, 여보게! 자네는 지금 어디로 가고 있는가'에는 태어나서 지금까지 살면서 겪었던 많은 분량의 사연을 다 말할 수는 없겠지만, 걸어온 삶의 길에서 보고 듣고 느낀 크고 작은 이야기와 경험들, 그리고 생각하고 있던 기억을 마치 장롱 속에 넣어두었던 일기장을 펼치듯 하였다.

시대적 상황으로 볼 때 작금의 삶과는 많은 차이가 있으므로 어울리지 않을 수도 있을 것이다. 그러나 이 또한 삶의 또 다른 노정임이 분명한 것이니 글을 읽으면서 어떻게 이해하느냐에 따라 얻고 버릴 것이 분명할 것으로 생각한다.

그리고 부족함도 넘침도 모두 배울 것이 있음을 안다면 한 자 한 자 글을 쓰면서 쏟은 마음의 정성을 느끼리라 생각한다. 다만 부족하거나 미치지 못한 점이 분명히 많겠지만, 독자 여러분들의 많은 관심과 사랑을 기대하면서 따가운 회초리를 아끼지 말아 주실 것을 바라마지 않는 바이다.

불기 2568년 10월에

행복사에서 사문 능인 합장

저자 약력

노신배(능인스님)

한국불교 통신대학원, 경학과, 율학과 졸업

한국불교 금강선원 행복사 주지

문예계간 시와수상문학 시, 시조, 수필부문 신인문학상 수상

문예계간 시와수상문학 문학상, 작가상 수상

민주평화통일대전 문인화 특선 1회, 입선 1회, 삼체상 1회

(사)대한민국서예협회 서울 시전 입선 2회

대한민국 남농미술대전 특선 1회

뮤지컬 싯다르타 배우 데뷔, 서울공연 15회, 부산공연 3회

한국불교 통신대학원장 표창장

한국불교 금강 선원 포교 대상

김천 경찰서장 감사장

문화관광부 장관 표창장

경기도 안성시장 표창장

법무부 대전 교정청장 표창장

김천시장 감사패

IWSTV 방송연예대상 종교문화예술대상

그림 전시

인사아트홀 한국미술관 도봉문화원 강북문화회관 등 다수

현 한국음악저작권협회 작사/작곡/편곡 회원

한국음반산업협회, 실연자협회 회원

한국예술인협회, 음반제작자협회 회원

한국문인협회 회원

한국 시, 시조, 수필, 저작권협회 회원

문예계간 시와수상문학 운영이사

사회복지법인 광림사 연화원 이사

(사)한국미술협회 도봉지부 회원

(사)서울서예협회 회원

저서

능인의 허튼소리(시 1집) 오늘도 그 자리에서(시 2집)

설연화(雪蓮花)의 향기(시 3집) 마음 달(시 4집, 불교시집)

길 없는 길을 따라(능인 글말선방 1집)

여보게! 자네는 지금 어디로 가고 있는가?

2024년 10월 25일 초판 1쇄 인쇄
2024년 10월 31일 초판 1쇄 발행

지은이 노신배(능인스님)
펴낸이 진욱상
펴낸곳 백산출판사
글·그림 노신배(능인스님)
교 정 박시내
본문디자인 오정은
표지디자인 오정은

저자와의
합의하에
인지첩부
생략

등 록 1974년 1월 9일 제406-1974-00001호
주 소 경기도 파주시 회동길 370(백산빌딩 3층)
전 화 02-914-1621(代)
팩 스 031-955-9911
이메일 edit@ibaeksan.kr
홈페이지 www.ibaeksan.kr

ISBN 979-11-6639-486-7 03810
값 18,000원